九宮格日語學習法

吳乃慧 ◎著

晨星出版

作者序

這本書要獻給每一個句點王。

「明明我有一點基礎，但每次開口說日語，只能勉強說一兩句，每句還不超過 6、7 個字……。」

「我真的很想跟日本人多聊聊，但常常不知該聊什麼……。」

「為什麼我老是只會說好、好吃、好有趣、好漂亮之類的形容詞，我想說完整的一句話！」

「突然要我說日語，腦筋就一片空白，結果只會說我有把握的那幾句，那往往不是我想說的啊……。」

你有這方面的煩惱嗎？偷偷告訴你，其實絕大部分人都有這方面的煩惱。你以為是你涉日文未深才會這樣嗎？不，學得又久又精的人，一樣一堆有這方面的煩惱。

因為就算用中文聊，你也只能勉強聊個一兩句。

不信的話就試試。去針對一個主題展開會話，在沒練習、沒訣竅的情況下，其實比你想像中的還要困難。

於是催生了本書。

希望透過這本書，讓大家養成關鍵字思考法，並把關鍵字化為句子，針對一個主題寒暄、閒聊、甚至議論時，都能迅速反應，並且多說幾句。

終結句點王宿命，就從《九宮格日語學習法》開始吧！

吳乃慧

本書特色

1. **培養擴散思考法：**

   針對某一主題，透過九宮格關鍵字，進行擴散性思考，增加日文聯想力。

2. **迅速應付所有話題：**

   養成九宮格關鍵字思考習慣後，就能迅速應付所有話題，不再半晌吭不出一句話。

3. **循序漸進的練習：**

   針對 40 個主題做練習，引導讀者由淺入深，從生活場景、日常活動、實踐夢想去練習展開話題。

4. **不只學單字，還有常用句型：**

   每個單元從 8 個關鍵單字切入，每個單字舉一兩句有趣的例句、和幾個相關聯想單字，透過這種方式擴散學習。例句的常用句型，會另外拉出來詳細解說。

5. **收錄日語基本用法：**

   初學者免驚，本書一開頭收錄了五十音、時間、日期、方向、顏色、問候語等基本用法。每個字也有附羅馬拼音，就算還沒記住五十音，也能跟著唸。

6. **動詞變化規則一目瞭然：**

   最困擾日語初學者的動詞變化，以索引方式一目瞭然呈現。讓大家在看例句時，順便學習動詞變化規則。

如何使用本書？

1 每單元皆附**主題式九宮格**，帶你從中心主題擴散聯想出8個關鍵單字

2 九宮格請從正上方開始順時針向右閱讀，每個單字都附有對應的生活例句與詳細說明

3 例句中標成紅字的部分即為**關鍵單字**，讓你立刻秒懂如何實際運用

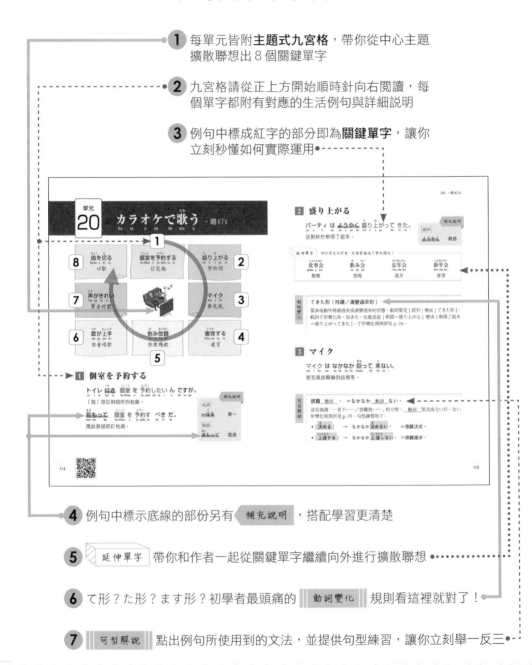

4 例句中標示底線的部份另有 補充說明 ，搭配學習更清楚

5 延伸單字 帶你和作者一起從關鍵單字繼續向外進行擴散聯想

6 て形？た形？ます形？初學者最頭痛的 動詞變化 規則看這裡就對了！

7 句型解說 點出例句所使用到的文法，並提供句型練習，讓你立刻舉一反三

如何收聽音檔？

1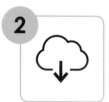

手機收聽
1. 偶數頁（例如第 30 頁）的頁碼旁邊附有 MP3 QR Code ◄----
2. 用 APP 掃描就可立即收聽該跨頁（第 30 頁和第 31 頁）的真人
   朗讀，掃描第 32 頁的 QR 則可收聽第 32 頁和第 33 頁……

2

電腦收聽、下載
1. 手動輸入網址＋偶數頁頁碼即可收聽該跨頁音檔，按右鍵則可
   另存新檔下載
   http://epaper.morningstar.com.tw/mp3/0170013/audio/**030**.mp3
2. 如想收聽、下載不同跨頁的音檔，請修改網址後面的偶數頁頁
   碼即可，例如：
   http://epaper.morningstar.com.tw/mp3/0170013/audio/**032**.mp3
   http://epaper.morningstar.com.tw/mp3/0170013/audio/**034**.mp3
   依此類推……

3. 建議使用瀏覽器：Google Chrome、Firefox

3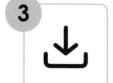

全書音檔大補帖下載（請使用電腦操作）
1. 尋找密碼：請翻到本書第 210 頁，找出「延伸單字」第 1 個單
   字的「中文」。
2. 進入網站：https://reurl.cc/7oArWQ（輸入時請注意大小寫）
3. 填寫表單：依照指示填寫基本資料與下載密碼。E-mail 請務必
   正確填寫，萬一連結失效才能寄發資料給您！
4. 一鍵下載：送出表單後點選連結網址，即可下載。

目次

I　生活場景篇

II 日常活動篇

III　目標夢想實踐篇

日語基礎發音

· 清音

　　日語基礎發音稱為「五十音」，雖然聽起來比中文的 37 個注音符號和英文的 26 個基礎字母多很多，但並不像中文或英文那麼複雜。只要把一個一個發音唸出來，再加上由基礎發音延伸出來的「撥音」、「濁音／半濁音」、「長音」、「拗音」、「促音」，就可以唸出所有的日文了。

行段		清音									撥音
		あ行	か行	さ行	た行	な行	は行	ま行	や行	ら行	わ行	
あ段	平假名	あ	か	さ	た	な	は	ま	や	ら	わ	ん
	片假名	ア	カ	サ	タ	ナ	ハ	マ	ヤ	ラ	ワ	ン
	羅馬字	a	ka	sa	ta	na	ha	ma	ya	ra	wa	n
い段	平假名	い	き	し	ち	に	ひ	み		り		
	片假名	イ	キ	シ	チ	ニ	ヒ	ミ		リ		
	羅馬字	i	ki	shi	chi	ni	hi	mi		ri		
う段	平假名	う	く	す	つ	ぬ	ふ	む	ゆ	る		
	片假名	ウ	ク	ス	ツ	ヌ	フ	ム	ユ	ル		
	羅馬字	u	ku	su	tsu	nu	fu	mu	yu	ru		
え段	平假名	え	け	せ	て	ね	へ	め		れ		
	片假名	エ	ケ	セ	テ	ネ	ヘ	メ		レ		
	羅馬字	e	ke	se	te	ne	he	me		re		
お段	平假名	お	こ	そ	と	の	ほ	も	よ	ろ	を	
	片假名	オ	コ	ソ	ト	ノ	ホ	モ	ヨ	ロ	ヲ	
	羅馬字	o	ko	so	to	no	ho	mo	yo	ro	o	

‧ 濁音／半濁音

不是所有假名都可以變成濁音與半濁音。濁音是指在假名的右上角加上「 〞」，讀的時候震動聲帶，喉音發聲；而半濁音是指在假名的右上角加上「。」，讀的時候上下唇接觸，氣音發聲。

行段		濁音				半濁音
		か行	さ行	た行	は行	は行
あ段	平假名	が	ざ	だ	ば	ぱ
	片假名	ガ	ザ	ダ	バ	パ
	羅馬字	ga	za	da	ba	pa
い段	平假名	ぎ	じ	ぢ	び	ぴ
	片假名	ギ	ジ	ヂ	ビ	ピ
	羅馬字	gi	ji	di	bi	pi
う段	平假名	ぐ	ず	づ	ぶ	ぷ
	片假名	グ	ズ	ヅ	ブ	プ
	羅馬字	gu	zu	du	bu	pu
え段	平假名	げ	ぜ	で	べ	ぺ
	片假名	ゲ	ゼ	デ	ベ	ペ
	羅馬字	ge	ze	de	be	pe
お段	平假名	ご	ぞ	ど	ぼ	ぽ
	片假名	ゴ	ゾ	ド	ボ	ポ
	羅馬字	go	zo	do	bo	po

・長音

　　長音就是延長發音，一拍的音變成兩拍。字面呈現如下表所示，例如屬於あ段的字，在後面加あ；屬於い段的字，在後面加い……以此類推。

　　例外是，屬於え段的字，後面加い，也發長音；屬於お段的字，後面加う，也發長音。

　　片假名的話，在該假名後面加長音符號「ー」，就是長音。

長音											
行段		あ行	か行	さ行	た行	な行	は行	ま行	や行	ら行	わ行
あ段	平假名	ああ	かあ	さあ	たあ	なあ	はあ	まあ	やあ	らあ	わあ
	片假名	アー	カー	サー	ター	ナー	ハー	マー	ヤー	ラー	ワー
	羅馬字	aa	kaa	saa	taa	naa	haa	maa	yaa	raa	waa
い段	平假名	いい	きい	しい	ちい	にい	ひい	みい		りい	
	片假名	イー	キー	シー	チー	ニー	ヒー	ミー		リー	
	羅馬字	ii	kii	shii	chii	nii	hii	mii		rii	
う段	平假名	うう	くう	すう	つう	ぬう	ふう	むう	ゆう	るう	
	片假名	ウー	クー	スー	ツー	ヌー	フー	ムー	ユー	ルー	
	羅馬字	uu	kuu	suu	tsuu	nuu	fuu	muu	yuu	ruu	
え段	平假名	えい	けい	せい	てい	ねい	へい	めい		れい	
	片假名	エー	ケー	セー	テー	ネー	ヘー	メー		レー	
	羅馬字	ee	kee	see	tee	nee	hee	mee		ree	
お段	平假名	おう	こう	そう	とう	のう	ほう	もう	よう	ろう	
	片假名	オー	コー	ソー	トー	ノー	ホー	モー	ヨー	ロー	
	羅馬字	oo	koo	soo	too	noo	hoo	moo	yoo	roo	

‧ 拗音

拗音		か行		さ行		た行	な行	は行			ま行	ら行
行段												
あ段	平假名	きゃ	ぎゃ	しゃ	じゃ	ちゃ	にゃ	ひゃ	びゃ	ぴゃ	みゃ	りゃ
	片假名	キャ	ギャ	シャ	ジャ	チャ	ニャ	ヒャ	ビャ	ピャ	ミャ	リャ
	羅馬字	kya	gya	sha	ja	cha	nya	hya	bya	pya	mya	rya
う段	平假名	きゅ	ぎゅ	しゅ	じゅ	ちゅ	にゅ	ひゅ	びゅ	ぴゅ	みゅ	りゅ
	片假名	キュ	ギュ	シュ	ジュ	チュ	ニュ	ヒュ	ビュ	ピュ	ミュ	リュ
	羅馬字	kyu	gyu	shu	ju	chu	nyu	hyu	byu	pyu	myu	ryu
お段	平假名	きょ	ぎょ	しょ	じょ	ちょ	にょ	ひょ	びょ	ぴょ	みょ	りょ
	片假名	キョ	ギョ	ショ	ジョ	チョ	ニョ	ヒョ	ビョ	ピョ	ミョ	リョ
	羅馬字	kyo	gyo	sho	jo	cho	nyo	hyo	byo	pyo	myo	ryo

註：拗音是指在假名後加上一個小や、小ゆ、小よ，讀的時候，與前面的假名發音連著唸，便能把正確的發音唸出來。

‧ 促音

促音就像休止符，遇促音時，要停頓一拍不發音。促音符號為小「つ」、小「ツ」。用羅馬字書寫時，以重複小「つ」、小「ツ」後的假名拼音的第一個羅馬字來表示。

もっと	促音「っ」不發音，停一拍
motto	羅馬拼音重複促音後第一個音「t」
いっしょ	促音「っ」不發音，停一拍
issho	羅馬拼音重複促音後第一個音「s」
コック	促音「ッ」不發音，停一拍
kokku	羅馬拼音重複促音後第一個音「k」
プッシュ	促音「ッ」不發音，停一拍
pusshu	羅馬拼音重複促音後第一個音「s」

日語基本用法

· 幾點幾分

いちじ **一時** ichi-ji 1點	にじ **二時** ni-ji 2點	さんじ **三時** san-ji 3點	よじ **四時** yo-ji 4點
ごじ **五時** go-ji 5點	ろくじ **六時** roku-ji 6點	しちじ **七時** shichi-ji 7點	はちじ **八時** hachi-ji 8點
くじ **九時** ku-ji 9點	じゅうじ **十時** juu-ji 10點	じゅういちじ **十一時** juu-ichi-ji 11點	じゅうにじ **十二時** juu-ni-ji 12點
いっぷん **一分** i-ppun 1分	にふん **二分** ni-fun 2分	さんぷん **三分** san-pun 3分	よんふん **四分** yon-fun 4分
ごふん **五分** go-fun 5分	ろっぷん **六分** ro-ppun 6分	ななふん **七分** nana-fun 7分	はっぷん **八分** ha-ppun 8分
きゅう ふん **九 分** kyuu-fun 9分	じゅっぷん **十 分** ju-ppun 10分	じゅういっぷん **十一分** juu-i-ppun 11分	じゅうにふん **十二分** juu-ni-fun 12分
じゅうさんぷん **十三分** juu-san-pun 13分	じゅうよんふん **十四分** juu-yon-fun 14分	じゅうごふん **十五分** juu-go-fun 15分	じゅうろっぷん **十六分** juu-ro-ppun 16分
じゅうななふん **十七分** juu-nana-fun 17分	じゅうはっぷん **十八分** juu-ha-ppun 18分	じゅうきゅうふん **十九 分** juu-kyuu-fun 19分	に じゅっぷん **二十分** ni-ju-ppun 20分

にじゅういっぷん 二十一分 ni-juu-i-ppun 21分	にじゅう にふん 二十二分 ni-juu-ni-fun 22分	にじゅうさんぷん 二十三分 ni-juu-san-pun 23分	にじゅうよんふん 二十四分 ni-juu-yon- fun 24分
に じゅう ご ふん 二十五分 ni-juu-go-fun 25分	にじゅうろっぷん 二十六分 ni-juu-ro-ppun 26分	にじゅうななふん 二十七分 ni-juu-nana-fun 27分	にじゅうはっぷん 二十八分 ni-juu-ha-ppun 28分
にじゅうきゅうふん 二十九分 ni-juu-kyuu-fun 29分	さんじゅっぷん 三十分 san-ju-ppun 30分	さんじゅういっぷん 三十一分 san-juu-i-ppun 31分	さんじゅうにふん 三十二分 san-juu-ni-fun 32分
さんじゅうさんぷん 三十三分 san-juu-san-pun 33分	さんじゅうよんふん 三十四分 san-juu-yon- fun 34分	さんじゅうごふん 三十五分 san-juu-go-fun 35分	さんじゅうろっぷん 三十六分 san-juu-ro-ppun 36分
さんじゅうななふん 三十七分 san-juu-nana-fun 37分	さんじゅうはっぷん 三十八分 san-juu-ha-ppun 38分	さんじゅうきゅうふん 三十九分 san-juu-kyuu-fun 39分	よんじゅっぷん 四十分 yon-ju-ppun 40分
よんじゅういっぷん 四十一分 yon-juu-i-ppun 41分	よんじゅう にふん 四十二分 yon-juu-ni-fun 42分	よんじゅうさんぷん 四十三分 yon-juu-san-pun 43分	よんじゅうよんふん 四十四分 yon-juu-yon- fun 44分
よんじゅう ごふん 四十五分 yon-juu-go-fun 45分	よんじゅうろっぷん 四十六分 yon-juu-ro-ppun 46分	よんじゅうななふん 四十七分 yon-juu-nana-fun 47分	よんじゅうはっぷん 四十八分 yon-juu-ha-ppun 48分
よんじゅうきゅうふん 四十九分 yon-juu-kyuu-fun 49分	ご じゅっぷん 五十分 go-ju-ppun 50分	ご じゅういっぷん 五十一分 go-juu-i-ppun 51分	ご じゅうにふん 五十二分 go-juu-ni-fun 52分
ご じゅうさんぷん 五十三分 go-juu-san-pun 53分	ご じゅうよんふん 五十四分 go-juu-yon- fun 54分	ご じゅうごふん 五十五分 go-juu-go-fun 55分	ご じゅうろっぷん 五十六分 go-juu-ro-ppun 56分
ご じゅうななふん 五十七分 go-juu-nana-fun 57分	ご じゅうはっぷん 五十八分 go-juu-ha-ppun 58分	ご じゅうきゅうふん 五十九分 go-juu-kyuu-fun 59分	ろくじゅっぷん 六十分 roku-ju-ppun 60分

・ 星期幾

にちようび **日曜日** nichi-yoo-bi 星期日	げつようび **月曜日** getsu-yoo-bi 星期一	かようび **火曜日** ka-yoo-bi 星期二	すいようび **水曜日** sui-yoo-bi 星期三
もくようび **木曜日** moku-yoo-bi 星期四	きんようび **金曜日** kin-yoo-bi 星期五	どようび **土曜日** do-yoo-bi 星期六	

・ 幾月幾號

いちがつ **一月** ichi-gatsu 一月	にがつ **二月** ni-gatsu 二月	さんがつ **三月** san-gatsu 三月	しがつ **四月** shi-gatsu 四月
ごがつ **五月** go-gatsu 五月	ろくがつ **六月** roku-gatsu 六月	しちがつ **七月** shichi-gatsu 七月	はちがつ **八月** hachi-gatsu 八月
くがつ **九月** ku-gatsu 九月	じゅうがつ **十月** juu-gatsu 十月	じゅういちがつ **十一月** juu-ichi-gatsu 十一月	じゅうにがつ **十二月** juu-ni-gatsu 十二月
ついたち **一日** tsui-tachi 1號	ふつか **二日** hutsu-ka 2號	みっか **三日** mi-kka 3號	よっか **四日** yo-kka 4號
いつか **五日** itsu-ka 5號	むいか **六日** mui-ka 6號	なのか **七日** nano-ka 7號	ようか **八日** yoo-ka 8號
ここのか **九日** kokono-ka 9號	とおか **十日** too-ka 10號	じゅういちにち **十一日** juu-ichi-nichi 11號	じゅうににち **十二日** juu-ni-nichi 12號

じゅうさんにち 十三日 juu-san-nichi 13 號	じゅうよっか 十四日 juu-yo-kka 14 號	じゅうごにち 十五日 juu-go-nichi 15 號	じゅうろくにち 十六日 juu-roku-nichi 16 號
じゅうしちにち 十七日 juu-shichi-nichi 17 號	じゅうはちにち 十八日 juu-hachi-nichi 18 號	じゅうくにち 十九日 juu-ku-nichi 19 號	はつか 二十日 ha-tsu-ka 20 號
にじゅういちにち 二十一日 ni-juu-ichi-nichi 21 號	にじゅうににち 二十二日 ni-juu-ni-nichi 22 號	にじゅうさんにち 二十三日 ni-juu-san-nichi 23 號	にじゅうよっか 二十四日 ni-juu-yo-kka 24 號
にじゅうごにち 二十五日 ni-juu-go-nichi 25 號	にじゅうろくにち 二十六日 ni-juu-roku-nichi 26 號	にじゅうしちにち 二十七日 ni-juu-shichi-nichi 27 號	にじゅうはちにち 二十八日 ni-juu-hachi-nichi 28 號
にじゅうくにち 二十九日 ni-juu-ku-nichi 29 號	さんじゅうにち 三十日 san-juu-nichi 30 號	さんじゅういちにち 三十一日 san-juu-ichi-nichi 31 號	

・方位

ここ ko-ko 這裡	そこ so-ko 那裡	ひだり 左 hidari 左邊	みぎ 右 migi 右邊
まえ 前 mae 前方	うし 後ろ ushi-ro 後方	む 向こう mu-ko-o 對面	となり 隣 tonari 隔壁
ひがし 東 higashi 東	にし 西 nishi 西	みなみ 南 minami 南	きた 北 kita 北

・顔色

黒	白	赤	緑	ピンク	青	黄色
くろ	しろ	あか	みどり		あお	きいろ
kuro	shiro	aka	midori	pi-n-ku	ao	ki-iro
黒色	白色	紅色	緑色	粉紅色	藍色	黄色

・人體部位

頭	耳	目	口
あたま	みみ	め	くち
atama	mimi	me	kuchi
頭	耳朵	眼睛	嘴巴
足	足首	腿	膝
あし	あしくび	もも	ひざ
ashi	ashi-kubi	momo	hiza
腳	腳踝	大腿	膝蓋
腹	腰	背中	尻
はら	こし	せなか	しり
hara	koshi	se-naka	shiri
腹部	腰部	背部	臀部
胸	手	手首	心臓
むね	て	てくび	しんぞう
mune	te	te-kubi	shin-zoo
胸部	手	手腕	心臓
胃	肺	腎臓	盲腸
い	はい	じんぞう	もうちょう
i	hai	jin-zoo	moo-choo
胃	肺	腎臓	盲腸

・ 問候寒暄

こんにちは。
ko-n-ni-chi-wa
你好。（白天用）

おはようございます。
o-ha-yo-o-go-za-i-ma-su
早安。

こんばんは。
ko-n-ba-n-wa
晚安。（晚上用）

お休みなさい。
o-yasu-mi-na-sa-i
晚安。（睡前用）

ありがとうございます。
a-ri-ga-to-o-go-za-i-ma-su
謝謝。

どういたしまして。
do-o-i-ta-shi-ma-shi-te
不客氣。

ごめんなさい。
go-me-n-na-sa-i
對不起。

すみません。
su-mi-ma-se-n
不好意思。

さようなら。
sa-yo-o-na-ra
再見。

じゃ、また明日。
ja ma-ta-a-shi-ta
明天見。

気をつけてください。
ki-o-tsu-ke-te-ku-da-sa-i
請保重。

大丈夫。
dai-joo-bu
沒關係。

お久しぶりです。
o-hisa-shi-bu-ri-de-su
好久不見。

お元気ですか。
o-gen-ki-de-su-ka
你好嗎？

元気です。あなたは？
gen-ki-de-su a-na-ta-wa
我很好。你呢？

私も元気です。
watashi-mo-gen-ki-de-su
我也很好。

はじめまして、よろしくお願いします。
ha-ji-me-ma-shi-te yo-ro-shi-ku-o-nega-i-shi-ma-su
初次見面，請多多指教。

また連絡してください。
ma-ta-ren-raku-shi-te-ku-da-sa-i
再連絡。

動詞變化規則

前導說明

◆ 動詞（原形）分成三類：

I.　第一類動詞，又稱五段動詞，字尾う段（う、く、ぐ、す、つ、ぬ、ぶ、む、る）。

II.　第二類動詞，又稱上下一段動詞，字尾一定是る。

III.第三類動詞，只有兩個：「する」、「来る」，屬不規則變化。

ない形（否定形）變化規則：

第一類動詞：字尾う段，變あ段，再加ない。例如：

動詞原形	あ段	い段	う段	え段	お段	動詞否定形	中文
死ぬ	な	に	ぬ	ね	の	死なない	不死
飲む	ま	み	む	め	も	飲まない	不喝
降る	ら	り	る	れ	ろ	降らない	不下

第二類動詞：字尾る去掉，加ない。例如：

晴れる　→　晴れる＋ない　→　晴れない　不放晴

掛ける　→　掛ける＋ない　→　掛けない　不打（電話）

落ちる　→　落ちる＋ない　→　落ちない　不掉

第三類動詞：只有兩個，屬不規則變化，請另外記住。

する→<u>しない</u>　不做
来る→<u>来ない</u>　不來

被動形 變化規則：

第一類動詞：字尾う段，變あ段，再加れる。例如：

動詞原形	あ段	い段	う段	え段	お段	動詞被動形	中文
言う	わ	い	う	え	お	言われる	被說
包む	ま	み	む	め	も	包まれる	被包住
叱る	ら	り	る	れ	ろ	叱られる	被罵

註：字尾う的動詞，否定形或被動形或使役形變化時，
　　不是 ** あない、** あれる、** あせる，而是 ** わない、** われる、** わせる。

第二類動詞：字尾る去掉，加られる。例如：

教える　→　教える＋られる　→　教えられる　被教
上げる　→　上げる＋られる　→　上げられる　被提升
埋める　→　埋める＋られる　→　埋められる　被填

第三類動詞：只有兩個，屬不規則變化，請另外記住。

する→される　　被做
来る→来られる　被來

使役形 變化規則：

第一類動詞：字尾う段，變あ段，再加せる。例如：

動詞原形	あ段	い段	う段	え段	お段	動詞使役形	中文
吸^すう	わ^あ	い	う	え	お	吸^すわせる	使吸
呼^よぶ	ば	び	ぶ	べ	ぼ	呼^よばせる	使稱呼
走^{はし}る	ら	り	る	れ	ろ	走^{はし}らせる	使跑

註：字尾う的動詞原形，否定形或被動形或使役形變化時，
不是 ** あない、** あれる、** あせる，而是 ** わない、** われる、** わせる。

第二類動詞：字尾る去掉，加させる。例如：

数^{かぞ}える　→　数^{かぞ}える＋させる　→　数^{かぞ}えさせる　使數

入^いれる　→　入^いれる＋させる　→　入^いれさせる　使放入

出^でる　　→　出^でる　＋させる　→　出^でさせる　使出來

第三類動詞：只有兩個，屬不規則變化，請另外記住。

する→させる　　使做

来^くる→来^こさせる　使來

ます形（敬體）變化規則：

ます形就是敬體（相對的原形則是普通體），用於長輩、關係疏遠、以禮相待者。

ます形用於句型變化中，<u>會去掉ます</u>。例如：

動詞ます形＋ながら　→　一邊～

動詞ます形＋たい　　→　想～

動詞ます形＋やすい　→　容易～

第一類動詞：字尾う段，變い段，再加ます。例如：

動詞原形	あ段	い段	う段	え段	お段	動詞ます形	中文
動<ruby>動<rt>うご</rt></ruby>く	か	<u>き</u>	く	け	こ	動<ruby><rt>うご</rt></ruby>きます	動
壊<ruby><rt>こわ</rt></ruby>す	さ	<u>し</u>	す	せ	そ	壊<ruby><rt>こわ</rt></ruby>します	弄壞
待<ruby><rt>ま</rt></ruby>つ	た	<u>ち</u>	つ	て	と	待<ruby><rt>ま</rt></ruby>ちます	等

第二類動詞：字尾る去掉，加ます。例如：

泊<ruby><rt>と</rt></ruby>める　→　泊<ruby><rt>と</rt></ruby>める＋ます　→　泊<ruby><rt>と</rt></ruby>めます　短住

いる　　→　いる　＋ます　→　います　在

借<ruby><rt>か</rt></ruby>りる　→　借<ruby><rt>か</rt></ruby>りる＋ます　→　借<ruby><rt>か</rt></ruby>ります　借入

第三類動詞：只有兩個，屬不規則變化，請另外記住。

する→します　做

来<ruby><rt>く</rt></ruby>る→来<ruby><rt>き</rt></ruby>ます　來

第一類動詞：字尾う段，變え段，再加る。例如：

動詞原形	あ段	い段	う段	え段	お段	動詞可能形	中文
働<ruby>働<rt>はたら</rt></ruby>く	か	き	く	け	こ	働<ruby>働<rt>はたら</rt></ruby>ける	能工作
尽<ruby>尽<rt>つ</rt></ruby>くす	さ	し	す	せ	そ	尽<ruby>尽<rt>つ</rt></ruby>くせる	能盡力
持<ruby>持<rt>も</rt></ruby>つ	た	ち	つ	て	と	持<ruby>持<rt>も</rt></ruby>てる	能帶

第二類動詞：字尾る去掉，加られる。與被動形一樣。例如：

<ruby>教<rt>おし</rt></ruby>える　→　<ruby>教<rt>おし</rt></ruby>える＋られる　→　<ruby>教<rt>おし</rt></ruby>えられる　能教

<ruby>上<rt>あ</rt></ruby>げる　→　<ruby>上<rt>あ</rt></ruby>げる＋られる　→　<ruby>上<rt>あ</rt></ruby>げられる　能提升

<ruby>降<rt>お</rt></ruby>りる　→　<ruby>降<rt>お</rt></ruby>りる＋られる　→　<ruby>降<rt>お</rt></ruby>りられる　能下車

第三類動詞：只有兩個，屬不規則變化，請另外記住。

する→できる　　能做

<ruby>来<rt>く</rt></ruby>る→<ruby>来<rt>こ</rt></ruby>られる　能來

條件形 變化規則：

第一類動詞：字尾う段，變え段，再加ば。例如：

動詞原形	あ段	い段	う段	え段	お段	動詞條件形	中文
書<ruby>書<rt>か</rt></ruby>く	か	き	く	け	こ	書けば	如果寫
減<ruby>減<rt>へ</rt></ruby>らす	さ	し	す	せ	そ	減らせば	如果減少
勝<ruby>勝<rt>か</rt></ruby>つ	た	ち	つ	て	と	勝てば	如果贏

第二類動詞：字尾る去掉，加れば。例如：

変<ruby>変<rt>か</rt></ruby>える　→　変える＋れば　→　変<ruby>変<rt>か</rt></ruby>えれば　如果改變

見<ruby>見<rt>み</rt></ruby>る　→　見る　＋れば　→　見<ruby>見<rt>み</rt></ruby>れば　如果看

褒<ruby>褒<rt>ほ</rt></ruby>める　→　褒める＋れば　→　褒<ruby>褒<rt>ほ</rt></ruby>めれば　如果誇獎

第三類動詞：只有兩個，屬不規則變化，請另外記住。

する→すれば　如果做

来<ruby>来<rt>く</rt></ruby>る→来<ruby>来<rt>く</rt></ruby>れば　如果來

意向形 變化規則：

第一類動詞：字尾う段，變お段，再加う。例如：

動詞原形	あ段	い段	う段	え段	お段	動詞意向形	中文
行<ruby>く<rt>い</rt></ruby>	か	き	く	け	こ	行<ruby>こう<rt>い</rt></ruby>	去吧
話<ruby>す<rt>はな</rt></ruby>	さ	し	す	せ	そ	話<ruby>そう<rt>はな</rt></ruby>	説吧
立<ruby>つ<rt>た</rt></ruby>	た	ち	つ	て	と	立<ruby>とう<rt>た</rt></ruby>	站吧

第二類動詞：字尾る去掉，加よう。例如：

食<ruby>べる<rt>た</rt></ruby> → 食<ruby>べる<rt>た</rt></ruby>＋よう → 食<ruby>べよう<rt>た</rt></ruby> 吃吧

続<ruby>ける<rt>つづ</rt></ruby> → 続<ruby>ける<rt>つづ</rt></ruby>＋よう → 続<ruby>けよう<rt>つづ</rt></ruby> 繼續吧

起<ruby>きる<rt>お</rt></ruby> → 起<ruby>きる<rt>お</rt></ruby>＋よう → 起<ruby>きよう<rt>お</rt></ruby> 起來吧

第三類動詞：只有兩個，屬不規則變化，請另外記住。

する→しよう 做吧

来<ruby>る<rt>く</rt></ruby>→来<ruby>よう<rt>こ</rt></ruby> 來吧

て形（中止形） 變化規則：

て形為接續前後句的中止形，衍生出許多常見句型，例如：

～ている　→　正在～、處於～狀態

～てしまう→　完全～、不小心～

～てもらう→　為我做～

第一類動詞：

- 字尾為う、つ、る時，發生促音變，去掉字尾、加促音「っ」、加て

  会^あう→会^あって　　打つ→打って　　座^{すわ}る→座^{すわ}って

- 字尾為ぬ、ぶ、む時，發生鼻音變，去掉字尾、加鼻音「ん」、加で

  死^しぬ→死^しんで　　飛^とぶ→飛^とんで　　住^すむ→住^すんで

- 字尾為す時，發生い段音變，去掉字尾、加「し」、加て

  話^{はな}す→話^{はな}して

- 字尾為く、ぐ時，發生い音變，去掉字尾、加「い」、加て或で

  続^{つづ}く→続^{つづ}いて　　嗅^かぐ→嗅^かいで

- 例外：行く的て形不是「行いて」，而是「行って」

  行^いく→行^いって

第二類動詞：字尾る去掉，加て。例如：

食^たべる　→　食^たべる＋て　→　食^たべて

続^{つづ}ける　→　続^{つづ}ける＋て　→　続^{つづ}けて

起きる　→　起きる＋て　→　起きて

第三類動詞：只有兩個，屬不規則變化，請另外記住。

する→して
来る→来て

た形（過去形／完了形）變化規則：

た形就是過去形，用於表現動作的完成。
た形變化規則與て形變化規則一模一樣，只差在把て改成た而已。

第一類動詞：

■ 字尾為う、つ、る時，發生促音變，去掉字尾、加促音「っ」、加た

言う→言った　　　勝つ→勝った　　　作る→作った

■ 字尾為ぬ、ぶ、む時，發生鼻音變，去掉字尾、加鼻音「ん」、加だ

死ぬ→死んだ　　　叫ぶ→叫んだ　　　飲む→飲んだ

■ 字尾為す時，發生い段音變，去掉字尾、加「し」、加た

貸す→貸した

■ 字尾為く、ぐ時，發生い音變，去掉字尾、加「い」、加た或だ

引く→引いた　　　泳ぐ→泳いだ

■ 例外：行く的た形不是「行いた」，而是「行った」

行く→行った

第二類動詞：字尾る去掉，加た。例如：

增える　→　增える＋た　→　増えた

占める　→　占める＋た　→　占めた

付ける　→　付ける＋た　→　付けた

第三類動詞：只有兩個，屬不規則變化，請另外記住。

する→した

来る→来た

I

生活場景篇

<ruby>雨<rt>あめ</rt></ruby>・雨天
ame

<ruby>風邪<rt>かぜ</rt></ruby>を<ruby>引<rt>ひ</rt></ruby>く
ka ze o hi ku

感冒

<ruby>傘<rt>かさ</rt></ruby>を<ruby>持<rt>も</rt></ruby>つ
kasa o mo tsu

帶雨傘

<ruby>洗濯物<rt>せんたくもの</rt></ruby>を<ruby>取<rt>と</rt></ruby>り<ruby>込<rt>こ</rt></ruby>む
sen taku mono o to ri ko mu

收衣服

<ruby>予定<rt>よてい</rt></ruby>をキャンセルする
yo tei o kyan se ru su ru

取消行程

<ruby>雷<rt>かみなり</rt></ruby>が<ruby>鳴<rt>な</rt></ruby>る
kaminari ga na ru

打雷

<ruby>渋滞<rt>じゅうたい</rt></ruby>
juu tai

塞車

<ruby>涼<rt>すず</rt></ruby>しくなる
suzu shi ku na ru

變涼爽

<ruby>嫌<rt>いや</rt></ruby>
iya

好討厭

---

1 傘を持つ

<ruby>傘<rt>かさ</rt></ruby>を<ruby>持<rt>も</rt></ruby>つ の を <ruby>忘<rt>わす</rt></ruby>れない で。
kasa o mo tsu no o wasu re na i de

不要忘了帶傘。

延伸單字　除了傘，還要記得帶什麼？

マフラー	<ruby>手袋<rt>てぶくろ</rt></ruby>	マスク	レインコート
ma fu ra a	te bukuro	ma su ku	re in ko o to
圍巾	手套	口罩	雨衣

2 洗濯物を取り込む

あめ　せんたくもの　と　こ
雨だ！洗濯物を取り込む つもり だった のに。
ame da　sen taku mono o to ri ko mu tsu mo ri da tta no ni

下雨了！我原本打算要收衣服的。

延伸單字　除了收衣服，還能聯想到哪些動作？

せんたく 洗濯する	せんたくもの ほ 洗濯物を干す	アイロンをかける	せんたくもの 洗濯物をたたむ
sen taku su ru	sen taku mono o ho su	a i ro n o ka ke ru	sen taku mono o ta ta mu
洗衣服	曬衣服	燙衣服	折衣服

3 雷が鳴る

かみなり　な　な
雷　が鳴ると 泣きたい。
kaminari ga na ru to na ki ta i

一打雷，就想哭。

かみなり　な　まえ　いなずま　ひか
雷　が鳴る 前 に、稲妻 が 光った。
kaminari ga na ru mae ni ina zuma ga hika tta

打雷前，出現閃電。

補充說明

名詞
いなずま
稲妻　閃電

4 嫌

あめ　ふ　いや
ずっと 雨 が 降って いて、嫌 だ。
zu tto ame ga fu tte i te iya da

一直下雨，真討厭。

延伸單字　除了討厭，還有哪些感想？

さむ 寒い	たいへん 大変	む あつ 蒸し暑い	うんざり
samu i	tai hen	mu shi atsu i	u n za ri
很冷	很慘	很悶熱	很煩

5 涼しくなる

涼(すず)しくなって よかった！
suzu shi ku na tte yo ka tta

變涼爽了，真好！

延伸單字　除了真好，還有哪些感想？

嬉(うれ)しい	気持(きも)ちいい	ラッキー	ありがたい
ure shi i	ki mo chi i i	ra kki i	a ri ga ta i
真高興	真舒服	真幸運	真感謝

6 渋滞

大雪(おおゆき) の せいで、一時間(いちじかん) も 渋滞(じゅうたい) した。
oo yuki no se i de ichi ji kan mo juu tai shi ta

都怪大雪，害我塞車塞了一個小時。

補充說明

句型

〜の せいで　都怪〜

7 予定をキャンセルする

台風(たいふう) の せいで、予定(よてい) を キャンセル しなきゃ。
tai fuu no se i de yo tei o kya n se ru shi na kya

都怪颱風，害我不得不取消行程。

句型解說

不得不 _動詞_ ＝ _動詞_ なきゃ

「不得不／必須……」的口語用法，要用「……なきゃ」，動詞改成否定形，
再去い，加きゃ。否定形變化規則詳見 p. 19。句型練習如下：

◆ [言(い)う]　→　言(い)わない　→　言(い)わなきゃ　＝不得不說。

◆ [信(しん)じる]　→　信(しん)じない　→　信(しん)じなきゃ。　＝不得不相信。

8 風邪を引く

風邪(かぜ)を引(ひ)いた みたい。
ka ze o hi i ta mi ta i

我好像感冒了。

補充說明

助詞

みたい　好像

動詞變化

た形（過去形／完了形）

要表現動作的完成「……了」，動詞要從原形的「招來＝引く」變成過去形（た形）的「招來了＝引いた」。た形變化規則詳見 p. 27。

季節・季節
きせつ
ki setsu

雪祭り
ゆきまつ
yuki matsu ri

雪祭

春
はる
haru

春

花見
はなみ
hana mi

賞櫻

冬
ふゆ
fuyu

冬

夏
なつ
natsu

夏

もみじ
mo mi ji

楓葉

秋
あき
aki

秋

花火大会
はなび たいかい
hana bi tai kai

煙火大會

1 春

いよいよ 春 が 来た。
　　　　 はる　　き
i yo i yo haru ga ki ta

春天終於來了。

春 らしい カラー に 挑戦 したい。
はる　　　　　　　　　ちょうせん
haru ra shi i ka ra a ni choo sen shi ta i

（我）想嘗試很春天的顏色。

2 花見

一緒に 花見 に 行きましょう！
i ssho ni hana mi ni i ki ma sho o

一起去賞櫻吧！

一起去＿＿＿吧！＝ 一緒に ＿＿＿ に行きましょう！

一起＝一緒に；去吧＝行きましょう。「一起去……吧」的句型空格裡，可以放入［動作］，也可以放入［地點］。例如：

◆ 動作　一緒に 買い物 に行きましょう！　＝一起去［買東西］吧！

◆ 地點　一緒に 夜市 に行きましょう！　＝一起去［夜市］吧！

3 夏

夏 は かき氷 の 季節 だ。
natsu wa ka ki goori no ki setsu da

夏天是刨冰的季節。

 延伸單字　夏天除了刨冰，還想到什麼？

夏バテ	スイカ	ゴキブリ出没	ダイエット
natsu ba te	su i ka	go ki bu ri shutsu botsu	da i e tto
中暑	西瓜	蟑螂出沒	減肥

4 花火大会

今回 の 花火大会 を 楽しみに している。
kon kai no hana bi tai kai o tano shi mi ni shi te i ru

很期待這次的煙火大會。

ている形（正在持續形）

要表現動作的**持續狀態**「正在／持續……」，動詞要從 [原形] 的「期待＝楽しみする」變成 [正在持續形] 的「持續期待＝楽しみ<u>している</u>」，動詞て形變化後，加いる。て形變化規則詳見 p. 26。

5 秋

この料理 には 秋 の 旬 の 食材 が たくさん 入っている。
ko no ryoo ri ni wa aki no shun no shoku zai ga ta ku sa n hai tte i ru

這道菜裡有許多秋天當季食材。

延伸單字　除了當季食材，還有當季的什麼呢？

旬の野菜	旬の魚	旬の果物	旬の花
shun no ya sai	shun no sakana	shun no kuda mono	shun no hana
當季蔬菜	當季漁獲	當季水果	當季花卉

6 もみじ

もみじ は 赤く なった。
mo mi ji wa aka ku na tta

楓葉變紅了。

もみじ の 見ごろ は いつ ですか。
mo mi ji no mi go ro wa i tsu de su ka

楓葉的最佳觀賞時期是什麼時候呢？

補充說明

名詞

もみじ → 楓葉
（楓樹的葉子）

紅葉（こうよう） → 紅葉
（秋天變紅的葉子）

7 冬

冬 になると、体 が だるく なる。
fuyu　ni na ru to　karada ga　da ru ku　na ru

冬天一到，就渾身發懶。

一 <u>　句子1　</u>，就 <u>　句子2　</u>。 = <u>　句子1　</u>と、<u>　句子2　</u>。

前後句子之間用 [と] 銜接，表示條件，相當於中文的「一……就……」。
句子1的動詞要用原形來銜接 [と]，本書一開始所列的動詞，皆為原形。句型練習如下：

◆ [食べ過ぎる／眠くなる] → 食べ過ぎると、眠くなる。
　　　　　　　　　　　 = 一旦吃得太飽，就想睡覺。

---

8 雪祭り

札幌 の 雪祭り に 行かない？
sa pporo no　yuki matsu ri　ni　i ka na i

要不要去札幌的雪祭呢？

延伸單字　除了札幌雪祭，還有什麼知名祭典呢？

京都祇園祭り	青森ねぶた祭り	大阪天神祭り	仙台七夕祭り
kyoo to gi on matsu ri	ao mori ne bu ta matsu ri	oo saka ten jin matsu ri	sen dai tana bata matsu ri
京都祇園祭	青森睡魔祭	大阪天神祭	仙台七夕祭

子育て
<ruby>こそだ<rt></rt></ruby>
ko soda te
養育兒女

<ruby>かえ<rt></rt></ruby>
帰り
kae ri
回家

リビング
ri bi n gu
客廳

<ruby>かじ<rt></rt></ruby>
家事をする
ka ji o su ru
做家事

<ruby>だいどころ<rt></rt></ruby>
台所
dai dokoro
廚房

<ruby>へや<rt></rt></ruby>
部屋
he ya
房間

<ruby>きょうだい<rt></rt></ruby>
兄弟
kyoo dai
兄弟姊妹

<ruby>おや<rt></rt></ruby>
親
oya
父母

⒈ 帰り

Ａ：ただいま。
　　　ta da i ma

Ａ：我回來了。

Ｂ：お<ruby>帰<rt>かえ</rt></ruby>り。
　　　o kae ri

Ｂ：歡迎回家。

2　リビング

この　リビング　は　天井 が　高い。
ko no　ri bi n gu　wa　ten joo ga　taka i

這個客廳的天花板很高。

延伸單字　客廳除了天花板，還有什麼呢？

壁 kabe	ソファ so fa	床 yuka	テーブル te e bu ru
牆壁	沙發	地板	桌子

3　台所

台所　から　いい　匂い　がした。
dai dokoro　ka ra　i i　nio i　ga shi ta

從廚房飄來了香味。

延伸單字　除了廚房，家裡還有哪些空間呢？

ダイニング da i ni n gu	書斎 sho sai	トイレ to i re	バス ba su
餐廳	書房	廁所	浴室

4　親

親　に　彼氏　を　紹介　したい。
oya　ni　kare shi　o　shoo kai　shi ta i

想把男朋友介紹給父母。

親孝行　を　すべき　だ。
oya koo koo　o　su be ki　da

應該要孝順父母。

5 兄弟

A：何人 兄弟 ですか。
nan nin kyoo dai de su ka

你家有幾個兄弟姊妹？

B：二人 兄弟 です。 私 の 上 に 兄 が います。
futa ri kyoo dai de su watashi no ue ni ani ga i ma su

兩個兄弟姊妹（含自己）。我上面有個哥哥。

延伸單字　兄弟姊妹的個別稱呼是什麼呢？

あに **兄**	おとうと **弟**	あね **姉**	いもうと **妹**
ani	otooto	ane	imooto
哥哥	弟弟	姊姊	妹妹

6 部屋

この家 には 部屋 が 3室 ある。
ko no ie ni wa he ya ga san shitsu a ru

這個家有3間房間。

自分 の 部屋 が 欲しい。
Ji bun no he ya ga ho shi i

想擁有自己的房間。

句型解說

想擁有____名詞__。＝__名詞__ が 欲しい。

「想擁有……」的句型空格裡，要放入[名詞]。例如：

◆ [具象名詞] 想擁有 [錢]。 ＝お金 が 欲しい。
かね ほ

◆ [抽象名詞] 想擁有 [地位]。 ＝地位 が 欲しい。
ちい ほ

7 家事をする

家事をする のが 苦手 だ。
ka ji o su ru no ga niga te da

我不擅長做家事。

延伸單字　有哪些家事呢？

皿を洗う	料理する	ごみを出す	掃除する
sara o ara u	ryoo ri su ru	go mi o da su	soo ji su ru
洗碗	煮飯	倒垃圾	掃地

---

8 子育て

子育て に 力 を 入れて いる。
ko soda te ni chikara o i re te i ru

傾全力於養育兒女.

子育て に 悩んで いる。
ko soda te ni naya n de i ru

煩惱著養育兒女問題。

動詞變化

ている形（正在持續形）

以上兩個例句的動作都是一種持續狀態，動詞要從 [原形] 變成 [正在持續形ている形]，所以會變成「持續傾注＝入れている」，「持續煩惱＝悩んでいる」。て形變化規則詳見 p. 26。

公園・公園
こう えん
koo en

子供の遊び場 こども あそ ば ko domo no aso bi ba 兒童遊戲區	芝生 しばふ shiba fu 草地	ピクニック pi ku ni kku 野餐
池 いけ ike 池塘		犬の散歩 いぬ さん ぽ inu no san po 遛狗
ジョギング j o gin gu 慢跑	朝 体操をする あさ たいそう asa tai soo o su ru 做早操	イベント i ben to 活動

1 芝生

芝生 を 踏まない で！
しばふ　　　　ふ
shiba fu　o　fu ma na i　de

請勿踐踏草地！

動詞變化

ない形（否定形）

要表現「不做……」的動作狀態，動詞要從 [原形] 的「踏＝踏む」，變成 [否定形] 的「不踏＝踏まない」，否定形變化規則詳見 p. 19。

而「否定形＋で」變成了「**請不要做……**」的句型。

2 ピクニック

<ruby>昨日<rt>きのう</rt></ruby>、<ruby>公園<rt>こうえん</rt></ruby> で ピクニック を した。
ki noo　koo enn de pi ku ni kku o shi ta

昨天在公園野餐。

<ruby>明日<rt>あした</rt></ruby> の ピクニック を <ruby>楽<rt>たの</rt></ruby>しみ に している。
ashi ta　no　pi ku ni kku o　tano shi mi　ni　shi te i ru

很期待明天的野餐。

3 犬の散歩

<ruby>犬<rt>いぬ</rt></ruby>の<ruby>散歩<rt>さんぽ</rt></ruby> は <ruby>飼<rt>か</rt></ruby>い<ruby>主<rt>ぬし</rt></ruby> の <ruby>日課<rt>にっか</rt></ruby> になる。
inu no san po　wa　ka i nushi　no　ni kka　ni na ru

遛狗成為飼主每天必做的事。

補充說明

名詞
<ruby>日課<rt>にっか</rt></ruby>　每天必做的事

4 イベント

<ruby>公園<rt>こうえん</rt></ruby>では　いろいろな イベント を やっている。
koo en de wa　i ro i ro na　i be n to　o ya　tte i ru

公園舉辦了各式各樣活動。

延伸單字　公園會舉辦哪些活動呢？

コンサート	<ruby>写生<rt>しゃせい</rt></ruby>コンペ	<ruby>献血<rt>けんけつ</rt></ruby>	<ruby>健康診断<rt>けんこうしんだん</rt></ruby>
ko n sa a to	sha sei ko n pe	ken ketsu	ken koo shin dan
音樂會	寫生比賽	捐血	健檢

補充說明

名詞
<ruby>健康診断<rt>けんこうしんだん</rt></ruby>　→　基本健檢（學校、公司規定的健檢，通常免費）
<ruby>人間<rt>にんげん</rt></ruby>ドック　→　精密健檢（醫院的自費健檢，通常要花一整天）

5 朝 体操をする

お爺さん は 毎日 朝 体操 をする。
<small>じぃ</small>　　　　　<small>まいにち</small>　<small>あさ たいそう</small>
o jii san wa mai nichi asa tai soo o su ru

爺爺每天做早操。

延伸單字　早上的公園，還會看到哪些活動呢？

ダンスをする	将棋を指す	合気道をする	太極拳をする
<small>しょうぎ さ</small>	<small>あいきどう</small>	<small>たいきょくけん</small>	
dan su o su ru	shoo gi o sa su	ai ki doo o su ru	tai kyoku ken o su ru
跳舞	下棋	練合氣道	打太極拳

6 ジョギング

私 は 毎日 ジョギング し ながら 音楽 を 聞く。
<small>わたし</small>　　<small>まいにち</small>　　　　　　　　　　<small>おんがく</small>　<small>き</small>
watashi wa mai nichi jo gin gu shi na ga ra on gaku o ki ku

我每天一邊慢跑，一邊聽音樂。

句型解說

一邊 ___動詞 1，一邊 ___動詞 2。＝ ___動詞 1 ながら、 ___動詞 2。

「一邊……，一邊……」的句型裡，[動詞 1] 要變成ます形，再加ながら。
ます形變化規則詳見 p. 22。句型練習如下：

◆ [泣く／言う]　→　泣き ながら、言う。　＝一邊哭，一邊說。
　<small>な　い</small>　　　　　<small>な</small>　　　　　<small>い</small>

◆ [歩く／食べる]　→　歩き ながら、食べる。　＝一邊走，一邊吃。
　<small>ある　た</small>　　　　　<small>ある</small>　　　　　<small>た</small>

7 **池**

池 に 蓮の花 が 咲いた。
いけ　　はす の はな　　　さ
ike ni hasu no hana ga sa i ta

池塘裡，蓮花盛開。

子供 は 池 に 近づかない ように。
こども　　　いけ　　ちか
ko domo wa ike ni chika du ka na i yo o ni

小孩不要接近池塘。

補充說明

動詞

咲く　　開花　近づく　接近
さ　　　　　　ちか

8 **子供の遊び場**

この公園 には 子供 の 遊び場 があるか。
こうえん　　　　こども　　　あそ ば
ko no koo en ni wa ko domo no aso bi ba ga a ru ka

這個公園有兒童遊戲區嗎？

延伸單字　公園的兒童遊戲區，有哪些設施呢？

ブランコ	滑り台	鉄棒	シーソー
bu ra n ko	すべ だい sube ri dai	てつぼう tetsu boo	shi i so o
盪鞦韆	溜滑梯	單槓	翹翹板

学校・學校
がっ こう
ga kkoo

そつぎょう **卒業** sotsu gyoo 畢業	せんせい **先生** sen sei 老師	がくせい **学生** gku sei 學生
がくえんさい **学園祭** gaku en sai 校慶園遊會		じゅぎょう **授業** ju gyoo 課
きょうしつ **教室** kyoo shitsu 教室	じゅぎょう **授業をサボる** ju gyoo o sa ba ru 翹課	きゅうしょく **給食** kyuu shoku 營養午餐

1 先生

わたし　　　ゆめ　　　せんせい
私　の　夢は　先生　に　なる　ことだ。
watashi　no　yume　wa　sen sei　ni na ru　ko to da

我的夢想是成為老師。

延伸單字　除了成為老師，還想成為哪些人呢？

べんごし **弁護士** ben go shi 律師	いしゃ **医者** i sha 醫生	きしゃ **記者** ki sha 記者	かねも **お金持ち** o kane mo chi 有錢人

2 学生

かれ　は　べんきょう　ず　き　な　がくせい
彼 は 勉強 好きな 学生 だ。
kare wa ben kyoo zu ki na gaku sei da

他是好學的學生。

補充說明

な形容詞
べんきょう　ず
勉強 好き（な）
好學的

延伸單字　　學生之中，有哪些不同的身分呢？

せんぱい	こうはい	がっきゅういいん	とうばん
先輩	後輩	学級委員	当番
sen pai	koo hai	ga kkyuu i in	too ban
學長姐	學弟妹	班長	值日生

3 授業

きょう　　じゅぎょう　　はじ
さあ、今日 の 授業 を 始めましょう！
sa a kyoo no ju gyoo o haji me ma sho o

那麼，開始今天的課吧！

延伸單字　　小學有哪些基礎課程呢？

こくご	さんすう	しゃかい	りか
国語	算数	社会	理科
koku go	san suu	sha kai	ri ka
國語	數學	社會	自然

4 給食

家の ご飯 は おいしい が、給食 は もっと おいしい。
uchi no go han wa o i shi i ga kyuu shoku wa mo tto o i shi i

雖然家裡的飯好吃,但學校的營養午餐更好吃。

---

5 授業をサボる

授業を サボった こと は、一度 も ない。
ju gyoo o sa bo tta ko to wa ichi do mo na i

翹課這種事,一次也沒有過。

延伸單字　關於課程,還有哪些相關的動作呢?

授業を受ける ju gyoo o u ke ru	授業をする ju gyoo o su ru	授業を取る ju gyoo o to ru	授業を休む ju gyoo o yasu mu
(學生) 上課	(老師) 上課	選課	停課

6 教室

おんがく きょうしつ しゅうごう
音楽 教室 に 集合 して ください。
on gaku kyoo shitsu ni shuu goo shi te ku da sa i

請在音樂教室集合。

延伸單字 校園裡除了教室，還有哪些設施呢？

としょかん	たいいくかん	ほけんしつ	こうばい
図書館	体育館	保健室	購買
to sho kan	tai iku kan	ho ken shitsu	koo bai
圖書館	體育館	健康中心	福利社

補充說明

名詞

こうばい せいきょう
購買→（小學／中學）福利社 生協→（大學）福利社

7 学園祭

ねん いちど がくえんさい にぎ
年 に 一度 の 学園祭 は とても 賑やか だ。
nen ni ichi do no gaku en sai wa to te mo nigi ya ka da

一年一度的校慶園遊會非常熱鬧。

補充說明

な形容詞

にぎ
賑やか（な）　　熱鬧的

8 卒業

あに がっこう そつぎょう
兄 は この 学校 から 卒業 する。
ani wa ko no ga kkoo ka ra sotsu gyoo su ru

（我）哥哥將從這所學校畢業。

あに そつぎょうしき さん か
兄 の 卒業式 に 参加 しない？
ani no sotsu gyoo shiki ni san ka shi na i

要不要參加（我）哥哥的畢業典禮呢？

会社・公司
かい しゃ
kai sha

転職する てんしょく ten shoku su ru 跳槽	事務所 じ む しょ ji mu sho 辦公室	営業部 えいぎょうぶ ei gyoo bu 業務部
電話に出る でんわ で den wa ni de ru 接電話		上司 じょうし joo shi 主管
出勤する しゅっきん shu kkin su ru 上班	コピー機 き ko pi i ki 影印機	社員 しゃいん sha in 員工

1 事務所

弊社 の 事務所 は 街 の 中心部 に あります。
へいしゃ じむしょ まち ちゅうしんぶ
hei sha no ji mu sho wa machi no chuu shin bu ni a ri ma su

我們公司的辦公室位於市中心。

補充說明

名詞
街の中心部　市中心
まち ちゅうしんぶ

延伸單字　辦公室裡，有哪些空間呢？

受付 うけつけ uke tsuke 櫃台	会議室 かいぎしつ kai gi shitsu 會議室	倉庫 そうこ soo ko 倉庫	給湯室 きゅうとうしつ kyuu too shitsu 茶水間

2 営業部

わたし は えいぎょうぶ に しょぞく
私 は 営業部 に 所属 しています。
watshi wa ei gyoo bu ni sho zoku shi te i ma su

我隸屬業務部。

註：商業用語要用敬語，所以用しています（敬體），而不是している（常體）。

延伸單字　除了業務部，還有哪些部門呢？

せいさんぶ	きかくぶ	じょうほうぶ	けいりぶ
生産部	企画部	情報部	経理部
sei san bu	ki kaku bu	joo hoo bu	kei ri bu
生產部	企劃部	資訊部	會計部

3 上司

じょうし に しんちょく を ほうこく
上司 に 進捗 を 報告 する。
joo shi ni shin choku o hoo koku su ru

向主管報告進度。

補充說明

名詞	しんちょく 進捗	進度

延伸單字　公司裡，有哪些職稱的主管呢？

かいちょう	しゃちょう	ぶちょう	かちょう
会長	社長	部長	課長
kai choo	sha choo	bu choo	ka choo
董事長	總經理	經理	課長

4 社員

私 は 一人前 の 社員 に なりたい。
watashi wa ichi nin mae no sha in ni na ri ta i

我想成為獨當一面的員工。

補充說明

| 名詞 | 一人前 | 獨當一面（也可當成量詞，意思為「一人份」） |

5 コピー機

この コピー機 は どうやって 使うか。
ko no ko pi I ki wa do o ya tte tsuka u ka

這台影印機要怎麼用？

延伸單字　辦公室裡，還有哪些事務用機器呢？

プリンター	プロジェクター	ファックス	コンピューター
pu rin ta a	pu ro je kku ta a	fa kku su	ko n pu u ta a
印表機	投影機	傳真	電腦

6 出勤する

主人 は よく 休日 に 出勤する。
shu jin wa yo ku kyuu jitsu ni shu kkin su ru

（我）老公常常在假日上班。

延伸單字　除了上班，還能聯想到哪些動作呢？

残業する	退勤する	出張する	接待する
zan goo su ru	tai kin su ru	shu cchoo su ru	se ttai su ru
加班	下班	出差	應酬

7 電話に出る

毎日 の 仕事 は 電話 に 出る こと しかない。
mai nichi no shi goto wa den wa ni de ru ko to shi ka na i

（我）每天的工作只有接電話。

延伸單字 工作上，還有哪些雜事呢？

名刺を渡す	顧客に謝る	お茶を入れる	資料を送る
mei shi o wata su	ko kyaku ni ayama ru	o cha o i re ru	shi ryoo o oku ru
遞名片	向顧客道歉	倒茶	寄送資料

句型解說

只有／只能 _____ 。＝ _____ しかない。

「只能／只有……」的句型空格裡，要放入 [名詞] 或是 [動詞原形]，表示別無選擇、帶有遺憾的意思。例如：

◆ 名詞　　只有 [三分鐘]。　＝ 三分 しかない。

◆ 動詞原形　只能 [放棄]。　＝ 諦める しかない。

---

8 転職する

会社 の 景気 が 悪いから、転職する しかない。
kai sha no kei ki ga waru i ka ra ten shoku su ru shi ka na i

因為公司不景氣，（我）只能跳槽。

延伸單字 除了跳槽，還有哪些職務異動相關單字呢？

昇進する	転勤する	仕事をやめる	リストラする
shoo shin su ru	ten kin su ru	shi goto o ya me ru	ri su to ra su ru
升職	調職	辭職	裁員

通勤途中・通勤途中
つうきんとちゅう
tsuu kin to chuu

降りる お o ri ru 下車	道を渡る みち わた michi o wata ru 過馬路	信号 しんごう shin goo 紅綠燈
携帯をいじる けいたい kei tai o i ji ru 玩手機		改札口 かいさつぐち kai satsu guchi 驗票口
乗り換える の か no ri ka e ru 轉乘	ホーム ho o mu 月台	電車に乗る でんしゃ の den sha ni no ru 搭電車

1 道を渡る

気をつけて　道を渡って　ください。
き　　　　　みち わた
ki o tsu ke te　michi o wata　tte　ku da sa i

請小心過馬路。

延伸單字　除了穿過馬路，還能穿過哪些交通設施呢？

交差点 こうさてん koo sa ten 十字路口	踏み切り ふ き fu mi ki ri 平交道	歩道橋 ほどうきょう ho doo kyoo 天橋	地下通路 ち か つうろ chi ka tsuu ro 地下道

2 信号

しんごう を むし 視するな。
信号 を 無視するな。
shin goo　　o　　mu shi su ru na

請勿闖紅綠燈。

延伸單字 紅綠燈裡，有哪些燈號呢？

あかしんごう 赤信号 aka shin goo	あおしんごう 青信号 ao shin goo	き いろしん 黄色信号 ki iro shin goo	う せつしんごう 右折信号 u setsu shin goo
紅燈	綠燈	黃燈	右轉燈

註：日本是靠左行駛（右駕車），所以右轉燈較為常見，與台灣相反。

3 改札口

かいさつぐち で みぎがわ
コイン・ロッカー は 改札口 を 出て、右側です。
ko　i　n　ro　kka a　wa　kai satsu guchi　o　de te　　migi gawa de su

寄物櫃在出了驗票口的右邊。

かいさつぐち はい ひだりて
改札口 を 入って 左手 に トイレ がある。
kai satsu guchi　o　hai　tte　hidari te　ni　to　i　re　ga　a　ru

過了驗票口的左邊有廁所。

4 電車に乗る

でんしゃ の じっか かえ
電車 に 乗って 実家 に 帰る。
den sha　ni　no　tte　ji kka　ni　kae ru

搭電車回老家。

補充說明

名詞
じっか
実家　　老家

延伸單字 除了搭電車，還可以搭乘哪些交通工具呢？

バス ba su	タクシー ta ku shi i	しんかんせん 新幹線 shin kan sen	ひ こう き 飛行機 hi koo ki
公車	計程車	新幹線	飛機

5 ホーム

えき　　　　　　　　　　かれし　　わか
駅の ホーム で 彼氏 と 別れた。
eki no ho o mu de kare shi to waka re ta

在車站月台跟男朋友分開了。

た形（過去形／完了形）

要表現「已經……」的動作完了狀態，動詞要從 [原形] 的「分開＝別れる」，變成 [過去形] 的「分開了＝別れた」。た形變化規則與て形變化規則相同，詳見 p. 27。

6 乗り換える

あさくさ　　　　い　　　　　　　　　ばんせん　　　　でんしゃ　　　　の　　か
浅草 へ 行く なら、3番線 の 電車 に 乗り換えて ください。
asa kusa he i ku na ra san ban sen no den sha ni no ri ka e te ku da sai

要去淺草的話，請轉乘 3 號線。

補充說明

名詞

の　か
乗り換え → 轉乘（不同交通系統間）

の　つ
乗り継ぎ → 轉乘（同一交通系統間，不換票。ex.飛機轉機）

7 携帯をいじる

つうきんちゅう　　かれ　　　　　けいたい
通勤中、彼 は 携帯 をいじって ばかり いる。
tsuu kin chuu kare wa kei tai o i ji tte ba ka ri i ru

通勤時，他一直在玩手機。

延伸單字　通勤途中除了可以玩手機，還可以做什麼呢？

本を読む	音楽を聴く	仮眠する	日本語を勉強する
ほん　よ	おんがく　き	かみん	にほんご　べんきょう
hon o yo mu	on gaku o ki ku	ka min su ru	ni hon go o ben kyoo su ru
看書	聽音樂	小睡片刻	學日文

8 降りる

ここ で　降りる。
　　　　　お
ko ko de　o ri ru

（我要）在這裡下車。

電車　を　降りて　から　かけ直す。
でんしゃ　　　お　　　　　　なお
den sha　o　o ri te ka ra　ka ke nao su

下了電車後，再打電話（給你）。

補充說明

動詞
かけ直す　　重新打電話
　なお

句型解說

　　動詞 1 後，再　動詞 2。＝動詞 1 て から、動詞 2。

此句型強調兩個動作的先後順序。在「……後，再……」的句型裡，[動詞 1]
要變成て形，再加から。て形變化規則詳見 p. 26。句型練習如下：

◆ [聞く／判斷する] → 聞いてから、判斷する。　＝聽完後，再判斷。
　　き　　はんだん　　　　　き　　　　　　はんだん

◆ [見る／書く]　　 → 見てから、書く。　　　　＝看完後，再寫。
　　み　　か　　　　　　み　　　　　　か

住所
じゅうしょ
juu sho
地址

窓口
まどぐち
mado guchi
窗口

貯金する
ちょきん
cho kin su ru
存錢

手紙を送る
てがみ おく
te gami o oku ru
寄信

POST OFFICE

営業時間
えいぎょうじかん
ei gyoo ji kan
營業時間

送料
そうりょう
soo ryoo
運費

小包が届く
こづつみ とど
ko dutsumi ga todo ku
包裹寄達

口座を作る
こうざ つく
koo za o tsuku ru
開戶

1 窓口

郵便 窓口 で の 取り扱い は 5時 までだ。
ゆうびん まどぐち と あつか ごじ
yuu bin mado guchi de no to ri atsuka i wa go ji ma de da

郵務窗口的辦理時間到 5 點。

補充說明

名詞
取り扱い 辦理
と あつか

2 貯金する

貯金したい んですが。
cho kin shi ta i　n de su ga

我想存錢（你可以幫忙嗎）。

延伸單字　　到金融機構除了存錢，還可以做什麼？

お金を下ろす	振り込む	両替する	ローンを組む
o kane o o ro su	fu ri ko mu	ryoo gae su ru	ro o n o ku mu
領錢	匯錢	換外幣	貸款

句型解說

我想　動詞　（你可以幫忙嗎）。＝　動詞　たいんですが。

這是**請求對方幫忙**的句型。在「我想……（你可以幫忙嗎）」的句型裡，第一步，先將 [動詞] 改成ます形後加たい，表示「想做……」，也就是「貯金する→貯金します→貯金したい」。第二步，再在「貯金したい」後面加んです，表示「說明原委」。第三步，再在「貯金したいんです」後面加が，表示「那麼，你可以幫忙嗎」的請求語意。

動詞ます形變化規則詳見 p. 22。句型練習如下：

◆ [ここに行く] → ここに行きたいんですが。 我想去這裡（你可以幫忙嗎）。
◆ [写真を撮る] → 写真を撮りたいんですが。 我想要拍照（你可以幫忙嗎）。

---

3 営業時間

銀行 の 営業時間 は 何時から 何時まで？
gin koo no　ei gyoo ji kan　wa nan ji ka ra　nan ji ma de

銀行的營業時間是從幾點到幾點？

補充說明

助詞

～から　從～　|　～まで　到～

4 口座を作る

口座 を 作る　手続きって 何 ですか？
koo za　o tsuku ru　te tsudu ki　tte　nan　de su ka

所謂的開戶手續是什麼？

句型解說

所謂　名詞1，是　句子2。＝名詞1って、句子2。

「所謂……，是……」的句型裡，[名詞1] 後面要加 って，是 というのは 的口語化，中文是「所謂」的意思。句型練習如下：

◆ [恋／賞味期限がある] → 恋って、賞味期限がある。
　　　　　　　　　　　　　　＝所謂戀愛，是有保存期限的。

◆ [ペット／家族だ] → ペットって、家族だ。
　　　　　　　　　　　　＝所謂寵物，就是家人。

5 小包が届く

書留 の 小包　が届いた。
kaki tome no　ko dutsumi ga todo i ta

掛號的包裹已經寄到了。

延伸單字　郵件或包裹會以哪些方式寄到呢？

書留 kaki tome	速達 soku tatsu	宅配 taku hai	国際速達 koku sai souk tastu
掛號	限時	宅配	國際快遞

6 送料

この値段は送料込みなの？
ko no ne dan wa soo ryoo ko mi na no

這個價錢含運費嗎？

ネット通販 は通年 送料無料だ。
ne tto tsuu han wa tsuu nen soo ryoo mu ryoo da

網路購物一整年免運費。

補充說明

名詞
ネット通販　　網路購物

7 手紙を送る

元彼 に 手紙 を送る つもり だ。
moto kare ni te gami o oku ru tsu mo ri da

我打算寄信給前男友。

延伸單字　說到寄信，會聯想到哪些單字呢？

切手	ポスト	封筒	便箋
ki tte	po su to	fuu too	bin sen
郵票	郵筒	信封	信紙

8 住所

住所 を 書き間違え ない ように。
juu sho o ka ki ma chiga e na i yo o ni

希望不要寫錯地址。

補充說明

複合動詞
寫＋錯＝書き＋間違える＝書き間違える　　寫錯

延伸單字　寄件時除了地址，還要填寫什麼呢？

受取人	郵便番号	差出人	到着日
uke tori nin	yuu bin ban goo	sashi dashi nin	too chaku bi
收件人	郵遞區號	寄件人	送達日

美容室・美髮院
び よう しつ
bi yoo shitsu

髪質 かみしつ kami shitsu 髮質	**料金表** りょうきんひょう ryoo kin hyoo 收費表	**流行る** は や ha ya ru 流行
シャンプー sha n pu u 洗髮精		**髪を切る** かみ き kami o ki ru 剪髮
スタイリスト su ta i ri su to 髮型設計師	**髪を染める** かみ そ kami o so me ru 染髮	**パーマをかける** pa a ma o ka ke ru 燙髮

1　料金表

りょうきんひょう　み
料金表 を 見せて ください。
ryoo kin hyoo o mi se te ku da sa i

請拿收費表給我看。

延伸單字　美容院收費表上，各項服務會以下列簡稱表示：

カット ka tto 剪髮	**カラー** ka ra a 染髮	**パーマ** pa a ma 燙髮	**シャンプー** sha n pu u 洗髮

2 流行る

最近、この 髪型 が 流行っている。
sai kin　ko no　kami gata　ga　ha ya tte i ru

最近，這種髮型正流行。

動詞變化

ている形（正在持續形）

要表現動作的<u>正在持續狀態</u>，動詞要從 [原形] 變成 [正在持續形 ている形]，所以「流行＝流行る」會變成「正在流行＝流行っている」。て形變化規則詳見 p. 26。

---

3 髪を切る

写真 の ように 髪 を 切りたい。
sha shin　no　yo o ni　kami o　ki ri ta i

（我）想把頭髮剪成照片那樣。

延伸單字　剪髮時，可能會提出哪些要求呢？

前髪を切る	レイヤーを入れる	髪をすく	短くする
mae gami o ki ru	re i ya a o i re ru	kami o su ku	mijika ku su ru
剪瀏海	剪層次	打薄	剪短

句型解說

（我）想 __動詞__ 。＝ __動詞__ たい。

在「我想做……」的句型裡，先將 [動詞] 改成ます形，去掉ます，後加たい，也就是「切る→切ります→切りたい」。動詞ます形變化規則詳見 p. 22。句型練習如下：

◆ [帰る]　→　帰りたい。＝我想回家。

◆ [忘れる]　→　忘れたい。＝我想忘記。

4　パーマをかける

手入れが 簡単な パーマを かけたい。
te i re ga kan tan na pa a ma o ka ke ta i

（我）想燙好整理的頭髮。

補充說明

な形容詞
手入れ簡単（な）
好整理的

延伸單字　燙髮時，可能會提到哪些單字呢？

縮毛矯正	天然パーマ	毛先パーマ	エアーウェーブ
shuku moo kyoo sei	ten nen pa a ma	ke saki pa a ma	e a a we e bu
離子燙	自然捲	髮尾燙	空氣燙

5　髪を染める

髪を アッシュ系に 染めたい。
kami o a sshu kei ni so me ta i

（我）想染髮染成灰色系。

補充說明

名詞
アッシュ系　灰色系

延伸單字　染髮時，還有哪些常見的色系呢？

オレンジ系	ブラウン系	レッド系	ピンク系
o ren ji kei	bu ra un kei	re ddo kei	pi n ku kei
橘色系	咖啡色系	紅色系	粉紅色系

6　スタイリスト

この スタイリストは セレブに 大人気だ。
ko no su ta i ri su to wa se re bu ni dai nin ki da

這位髮型設計師大受貴婦歡迎。

スタイリストが 指名 できる？
su ta i ri su to ga shi mei de ki ru

可以指定髮型設計師嗎？

補充說明

名詞
セレブ　貴婦

動詞
指名する　指定

7 シャンプー

この シャンプー は 頭皮 の 痒み に 効く。
Ko no sha n pu u wa too hi no kayu mi ni ki ku

這罐洗髮精對改善頭皮癢有效。

句型 ～に 効く 　對～有效

延伸單字 　除了洗髮精，還有哪些髮類產品呢？

リンス	トリートメント	スプレー	ムース
ri n su	to ri to me nto	su pu re e	mu u su
潤絲精	護髮乳	造型噴霧	慕斯

8 髮質

食生活 を 変えると、 髮質 が よくなる。
shoku sei katsu o ka e ru to kami shitsu ga yo ku na ru

改變飲食習慣，髮質就會變好。

延伸單字 　說到髮質，有哪些應該改善的狀況呢？

ダメージ	枝毛	抜け毛	乾燥
da me e ji	eda ge	nu ke ge	kan soo
受損	分岔髮	掉髮	乾燥

のんびり
no n bi ri

悠閒自在

サーフィン
sa a fi n

衝浪

リゾートホテル
ri so o to ho te ru

渡假飯店

カクテルを<ruby>飲<rt>の</rt></ruby>む
ka ku te ru o no mu

喝調酒

<ruby>水泳<rt>すいえい</rt></ruby>
sui ei

游泳

ビキニ
bi ki ni

比基尼

<ruby>日<rt>ひ</rt></ruby>の<ruby>出<rt>で</rt></ruby>を<ruby>見<rt>み</rt></ruby>る
hi no de o mi ru

看日出

<ruby>日焼<rt>ひ や</rt></ruby>け<ruby>止<rt>ど</rt></ruby>めを<ruby>塗<rt>ぬ</rt></ruby>る
hi ya ke do me wo nu ru

擦防曬乳

---

1 サーフィン

サーフィン を <ruby>体験<rt>たいけん</rt></ruby>した こと が ない。
sa a fi n o tai ken shi ta ko to ga na i

我不曾體驗過衝浪。

延伸單字 除了衝浪，還有哪些水上活動呢？

シュノーケリング
shu no o ke ri n gu

浮潛

ダイビング
da i bi n gu

潛水

バナナボート
ba na na bo o to

香蕉船

マリンジェット
ma ri n je tto

水上摩托車

2 リゾートホテル

海 が 見える リゾートホテル を 予約した
umi ga mie ru ri so o to ho te ru o yo yaku shi ta

（我）預約了看得到海的渡假飯店。

リゾートホテル の お客 なら、ビーチチェア が 使える。
ri zo o to ho te ru no o kyaku na ra bi i chi che a ga tsuka e ru

如果是渡假飯店的客人，就能使用沙灘椅。

延伸單字　海邊渡假村還會提供哪些設施給住客使用呢？

プール	シャワールーム	パラソル	浮き輪
pu u ru	sha wa ru u mu	pa ra so ru	u ki wa
游泳池	淋浴間	大陽傘	游泳圈

3 水泳

水泳 の 息継ぎ が 出来ない。
sui ei no iki tsu gi ga de ki na i

（我）不會游泳的換氣。

補充說明

| 動名詞 | 息継ぎ | | 換氣 | 句型 | ～が出来ない | 不會～ |

延伸單字　說到游泳，想到哪些姿勢呢？

平泳ぎ	背泳ぎ	クロール	バタフライ
hira oyo gi	se oyo gi	ku o o ru	ba ta fu ra i
蛙式	仰式	自由式	蝶式

4 日焼け止めを塗る

紫外線 を カットする ため、日焼け止め を 塗る べきだ。
shi gai sen o ka tto su ru ta me hi ya ke do me o nu ru be ki da

為了屏蔽紫外線，應該要塗防曬乳。

延伸單字 要對抗紫外線，除了擦防曬乳，還能做什麼呢？

サングラスをかける	日傘を差す	帽子をかぶる	パーカーを着る
san gu ra su o ka ke ru	hi gasa o sa su	boo shi o ka bu ru	pa a ka a o ki ru
戴太陽眼鏡	撐陽傘	戴帽子	穿連帽外套

---

5 日の出を見る

元旦 に 日の出 を 見た こと が ない。
gan tan ni hi no de o mi ta ko to ga na i

（我）不曾在一月一號看過日出。

句型解說

不曾 ___動詞___ 。＝ ___動詞 た形___ ことがない。

在「不曾……」的句型裡，先將 [動詞] 改成た形，後加事情的こと，再加沒有的ない，也就是「見る（看）→見た（看了）→見たこと（看了這件事）→見たことがない（沒有看了這件事）＝不曾看過……」。

動詞た形變化規則詳見 p.27。句型練習如下：

◆ [嘘をつく] → 嘘をついた ことがない。 不曾說謊。

◆ [日本に行く] → 日本に行ったことがない。 不曾去日本。

6 ビキニ

ビーチ の 定番(ていばん) ルック は ビキニ だ。
bi chi no tei ban ru kku wa bi ki ni da

沙灘的標準穿搭是比基尼。

補充說明

名詞	定番(ていばん)	經典／標準／常見	ルック	穿搭

延伸單字　除了比基尼，海邊還有哪些常見的穿搭呢？

短パン	ビーチサンダル	ノースリーブ	キャミソール
tan pan	bi i chi san da ru	no o su ri i bu	kya mi so o ru
短褲	夾腳拖	無袖	吊帶背心

7 カクテルを飲む

ビーチ で カクテル を 飲(の)む の は 最高(さいこう) だ！
bi i chi de ka ku te ru o no mu no wa sai ko o da

在沙灘喝調酒是最棒的享受！

延伸單字　海邊除了調酒，還有哪些常見的飲料呢？

ジュース	コーラ	シャンパン	ビール
ju u su	ko o ra	sha n pan	bi i ru
果汁	可樂	香檳	啤酒

8 のんびり

定年生活(ていねんせいかつ) を のんびり と 過(す)ごしたい。
tei nen sei katsu o non bi ri to su go shi ta i

（我）想悠閒自在地過著退休生活。

補充說明

名詞	
定年(ていねん)	退休

二

日常活動篇

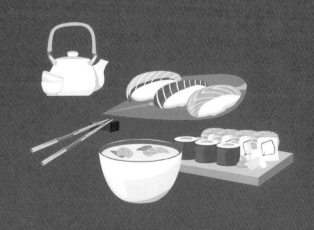

せい かく
性格・個性
sei kaku

ひと み し **人見知り（な）** hito mi shi ri na 怕生的	やさ **優しい** yasa shi i 溫柔的	ま じ め **真面目（な）** ma ji me na 認真的
たん き **短気（な）** tan ki na 沒耐心的		**こだわる** ko da wa ru 堅持
ゆうじゅう ふ だん **優柔不断** yuu juu fu dan 優柔寡斷	し ぐさ **仕草** shi gusa 舉止	あか **明るい** aka ru i 開朗的

1　優しい

かのじょ　　　　やさ　　　えがお　　　す
彼女 の 優しい 笑顔 が 好き だ。
kano jo no yasa shi i e gao ga su ki da

（我）喜歡她溫柔的笑容。

延伸單字　說到溫柔，還想到哪些相近的形容詞呢？

しんせつ **親切（な）** shin setsu na 親切的	やわ **柔らかい** yawa ra ka i 柔和的	あたた **暖かい** atata ka i 溫暖的	あいそ **愛想がいい** ai so ga i i 和藹可親的

註：形容詞又分成字尾有い的「い形容詞」，與字尾無い的「な形容詞」。い形容詞後，直接＋名詞；
　　な形容詞後，先＋な再＋名詞。

2 真面目（な）

彼 の 真面目 な ところ に 惹かれて しまう。
kare no ma ji me na to ko ro ni hi ka re te shi ma u

（我）完全被他認真的地方給吸引。

延伸單字　說到認真，還想到哪些相近的形容詞呢？

几帳面（な）	細かい	頼もしい	厳しい
ki choo men na	koma ka i	tano mo shi i	kibi shi i
一絲不苟的	吹毛求疵的	可靠的	嚴格的

動詞變化

てしまう形（完全徹底形）

要表現動作做到完全徹底的狀態，動詞要從 [原形] 變成 [完全徹底形 てしまう形]，也就是從 [被吸引＝惹かれる] 變成 [完全被吸引＝惹かれてしまう]。動詞て形變化後，加しまう。て形變化規則詳見 p. 26。

3 こだわる

この ブランド は 手作り に こだわる。
ko no bu ra n do wa te duku ri ni ko da wa ru

這個品牌堅持手工製作。

自分 の 意見 に こだわらない。
ji bun no i ken ni ko da wa ra na i

不堅持己見。

動詞變化

ない形（否定形）

要表現「不做……」的動作狀態，動詞要從 [原形] 的 [堅持＝こだわる]，變成 [否定形] 的 [不堅持＝こだわらない]，否定形變化規則詳見 p. 19。

4 明るい

明(あか)るい 人(ひと) と 付(つ)き合(あ)い たい。
aka ru i hito to tsu ki a i tai

（我）想跟開朗的人交往。

私(わたし) の 理想(りそう) の タイプ は 明(あか)るくて 面白(おもしろ)い 人(ひと) だ。
watashi no ri soo no ta i pu wa aka ru ku te omo shiro i hito da

我的理想型是既開朗又有趣的人。

句型解說

既　形容詞1　又　形容詞2　。＝形容詞1 くて／で 形容詞2 。

「既……又……」的句型裡，[形容詞1] 如果是い形容詞，要去い加くて；[形容詞1] 如果是な形容詞，要加で。[形容詞2] 則不做任何改變。句型練習如下：

◆ ◎ [甘(あま)い／酸(す)っぱい] → 甘(あま)くて 酸(す)っぱい ＝既甜又酸

◆ ◎ [静(しず)か／快適(かいてき)] → 静(しず)かで 快適(かいてき) ＝既安靜又舒適

5 仕草

兄(あに) は 緊張(きんちょう)する ときに、あ の 仕草(しぐさ) が 現(あらわ)れる。
ani wa kin choo su ru to ki ni a no shi gusa ga arawa re ru

我哥哥緊張時，就會出現那種舉止。

6 優柔不断

動詞	
直す	更改／修正
見逃す	錯失

あね は ゆうじゅうふだん な せいかく を なお したい。
ane wa yuu jyuu fu dan na sei kaku o nao shi ta i

我姐姐想改掉優柔寡斷的個性。

ゆうじゅうふだん の せいで、こんかい の チャンス を みのが した。
yuu jyuu fu dan no se i de kon kai no cha n su o mi noga shi ta

都怪優柔寡斷的個性，才會錯失這次機會。

7 短気（な）

おとうと は たんき な ひと だ。
otooto wa tan ki na hito da

我弟弟屬於沒耐心的人。

延伸單字　說到沒耐心，還想到哪些相近的詞呢？

怒りやすい	そそっかしい	イライラする	不機嫌（な）
oko ri ya su i	so so kka shi i	i ra i ra su ru	fu ki gen na
易怒的	輕率的	焦慮	不悅的

8 人見知り（な）

いもうと は ひとみしり で かんがえすぎ だ
imooto wa hito mi shi ri de kanga e su gi da

我妹妹既怕生又想太多。

延伸單字　說到怕生，還想到哪些相近的形容詞呢？

照れ臭い	内気（な）	臆病（な）	無口（な）
te re kusa i	uchi ki na	oku byoo na	mu kuchi na
害羞的	內向的	膽小的	寡言的

グルメ・美食
gu ru me

<table>
<tr>
<td>
<ruby>回転寿司<rt>かいてん ず し</rt></ruby>
kai ten zu shi
迴轉壽司
</td>
<td>
<ruby>席<rt>せき</rt></ruby>に<ruby>案内<rt>あんない</rt></ruby>する
seki ni an nai su ru
帶位
</td>
<td>
<ruby>注文<rt>ちゅうもん</rt></ruby>する
chuu mon su ru
點餐
</td>
</tr>
<tr>
<td>
うどん
u don
烏龍麵
</td>
<td></td>
<td>
メニュー
me nyu u
菜單
</td>
</tr>
<tr>
<td>
<ruby>丼<rt>どん</rt></ruby>
don
蓋飯
</td>
<td>
ラーメン
ra a men
拉麵
</td>
<td>
<ruby>食<rt>た</rt></ruby>べ<ruby>放題<rt>ほうだい</rt></ruby>
ta be hoo dai
吃到飽
</td>
</tr>
</table>

1 席に案内する

<ruby>席<rt>せき</rt></ruby>に<ruby>案内<rt>あんない</rt></ruby>します ので、こちらへどうぞ。
seki ni an nai shi ma su no de ko chi ra he do o zo

我來帶位，請走這邊。

註：服務業用語要用敬語，所以用案内します（敬體），而不是案内する（常體）。

延伸單字　餐廳裡，常見哪些種類的位子呢？

<ruby>カウンター席<rt>せき</rt></ruby> ka u n ta a seki 吧台位	<ruby>テーブル席<rt>せき</rt></ruby> te e bu ru seki 桌子位	<ruby>座敷席<rt>ざしきせき</rt></ruby> za shiki seki 和式位	<ruby>テラス席<rt>せき</rt></ruby> te ra su seki 露臺位

2 注文する

どうやって注文する？
ちゅうもん

do o ya tte chuu mon su ru

要如何點餐呢？

延伸單字 | 點完餐後，還可能出現哪些動作呢？

へんこう 変更する	キャンセルする	しはら 支払う	へんきゃく 返却する
hen koo su ru	kya n se ru su ru	shi hara u	hen kyaku su ru
更改	取消	付款	歸還（餐具）

句型解說

要如何 __動詞__ 呢？＝どうやって __動詞__ ？

「要如何……呢？」的句型裡，[動詞] 以 [原形] 表現即可。本書單字所列的動詞，全都是動詞原形。句型練習如下：

◆ [切符を買う] → どうやって切符を買う？ ＝要如何買票呢？
きっぷ か きっぷ か

◆ [ホテルに行く] → どうやってホテルに行く？ ＝要如何去飯店呢？
い い

---

3 メニュー

精進料理メニューはありますか？
しょうじんりょうり

shoo jin ryoo ri me nyu u wa a ri ma su ka

有素食菜單嗎？

延伸單字 | 還有哪些餐飲需求，會另外製成一份菜單呢？

コース	デザート	ワイン	ソフトドリンク
ko o su	de za a to	wa i n	so fu to do ri n ku
套餐	甜點	紅酒	無酒精飲料

4 食べ放題

ここ は 食べ放題 の 店 なので、思う存分 食べて ください。
ko ko wa ta be hoo dai no mise na no de omo u zon bun ta be te ku da sa i

這裡是吃到飽的店，所以請盡情地吃。

補充說明

助詞	〜ので	因為〜
副詞	思う存分	盡情地

延伸單字　哪些食物會打著吃到飽招牌，來吸引饕客呢？

焼肉	伊勢海老	かに	ピザ
yaki niku	i se e bi	ka ni	pi za
烤肉	龍蝦	螃蟹	披薩

5 ラーメン

ラーメン 博物館 で 様々な ラーメン を 堪能した。
ra a me n haku butu kan de sama zama na ra a me n o tan noo shi ta

在拉麵博物館飽嚐各式各樣的拉麵。

補充說明

形容詞		動詞	
様々（な）	各式各樣的	堪能する	享受／飽嚐

延伸單字　常見哪些口味的拉麵呢？

豚骨	醤油	味噌	チャーシュー
ton kotsu	shoo yu	mi so	cha a shu u
豚骨	醬油	味噌	叉燒

6 丼

牛丼 の 大盛り を 一つ ください。
gyuu don no oo mo ri o hito tsu ku da sa i

請給我一個大的牛肉蓋飯。

補充說明

名詞

大盛り → 大（碗）	中盛り → 中（碗）
並盛り → 一般（碗）	小盛り → 小（碗）

延伸單字　常見哪些口味的蓋飯呢？

とんかつ丼	天丼	親子丼	うなぎ丼
ton ka tsu don	ten don	oya ko don	u na gi don
炸豬排蓋飯	炸蝦蓋飯	親子蓋飯	鰻魚蓋飯

---

7 うどん

私 の鍋うどん は まだ 来て いない。
watashi no nabe u don wa ma da ki te i na i

我的鍋燒烏龍麵還沒來。

延伸單字　常見哪些口味的烏龍麵呢？

きつねうどん	天ぷらうどん	カレーうどん	ざるうどん
ki tsu ne u don	ten pu ra u don	ka re e u don	za ru u don
豆皮烏龍麵	天婦羅烏龍麵	咖哩烏龍麵	烏龍涼麵

動詞變化

ていない形（尚未形）

要表現「尚未……」的動作或是狀態，動詞要從 [原形] 的 [來＝来る]，變成 [尚未形] 的 [還沒來＝来ていない]，動詞て形變化後，加いない。て形變化規則詳見 p.26。

昼 は 何 を 食べる か？ 回転寿司 に しよう！
hiru wa nani o ta be ru ka   kai ten zu shi   ni shi yo o

中午要吃什麼呢？就選迴轉壽司吧！

延伸單字　　常見哪些口味的握壽司呢？

サーモン	マグロ	イカ	ホタテ
sa a mo n	ma gu o	i ka	ho ta te
鮭魚	鮪魚	花枝	干貝

句型解說

就選　名詞　吧！＝　名詞　にしよう！

「……にしよう！」的句型，是從「……にする＝選擇……」演變而來，承接對象的助詞要用 に；為了表現意向，「選擇＝する」變成「選擇吧＝しよう」。意向形變化規則詳見 p. 25。句型練習如下：

◆ [握りの盛り合わせ]　→　握りの盛り合わせ　にしよう！

＝就選（／給我）　綜合握壽司 吧！

こい
恋・戀愛
koi

バレンタイン
ba re n ta i n

情人節

ごう
合コン
goo ko n

聯誼

ナンパする
na n pa su ru

搭訕

こいびと
恋人
koi bito

戀人

ひとめぼ
一目惚れ
hito me bo re

一見鍾情

いちゃいちゃする
i cha i cha su ru

恩愛

つ あ
付き合う
tsu ki a u

交往

デート
de e to

約會

1 合コン

こんや ごう こ
今夜 の 合コン に 来ない か？
kon ya no goo ko n ni ko na i ka

要不要來今晚的聯誼呢？

動詞變化

ない形（否定形）

要表現「要不要做……？」的勸誘／邀約語意，動詞要從 [原形] 的 [來＝来る]，
變成 [否定形] 的 [不來＋嗎＝来ない＋か]，否定形變化規則詳見 p. 19。

2 ナンパする

親友（しんゆう）は 異国（いこく）で ナンパされた らしい。
shin yuu wa i koku de nan pa sa re ta ra shi i

（我的）好朋友好像在異國被搭訕了。

補充說明

助動詞

〜らしい　　好像〜

動詞變化

された形（被動完成形）

要表現「被……了」的動作狀態，動詞要從 [原形] 的 [搭訕＝ナンパする]，變成 [被動形] 的 [被搭訕＝ナンパされる]，再變成 [完成形／た形] 的 [被搭訕了＝ナンパされた]。被動形變化規則詳見 p. 20。た形變化規則詳見 p. 27。

3 一目惚れ

彼女（かのじょ）に 一目惚（ひとめぼ）れして、つい 告白（こくはく）しちゃった。
kano jo ni hito me bo re shi te tsu i koku haku shi cha tta

我對女友一見鍾情，不自覺就告白了。

彼氏（かれし）が 出来（でき）た！私（わたし）に 一目惚（ひとめぼ）れ した そうだ
kare shi ga de ki ta watashi ni hito me bo re shi ta so o da

我有男友了！據說他對我一見鍾情。

補充說明

動詞

告白（こくはく）する　告白　｜　〜が 出来（でき）た　有了〜

延伸單字

男／女／前男／前女友，該怎麼說呢？

彼氏（かれし） kare shi	彼女（かのじょ） kano jo	元カレ（もと） moto ka re	元カノ（もと） moto ka no
男友	女友	前男友	前女友

4 デート

私 にとって、遊園地 デート は 一番 楽しみ だ。
watashi ni to tte yuu en chi de e to wa ichi ban tano shi mi da

對我來説，遊樂園約會是最令我期待的。

延伸單字　還有哪些令人期待的約會形態呢？

映画を見る	ドライブする	食事する	夜景を見る
ei ga o mi ru	do ra i bu su ru	shoku ji su ru	ya kei o mi ru
看電影	兜風	吃飯	看夜景

5 付き合う

今、彼氏 と順調に 付き合って いる。
i ma kare shi to jun choo ni tsu ki a tte i ru

現在，跟男友正順利地交往。

延伸單字　戀愛的過程中，還有哪些事會發生呢？

喧嘩する	ラブラブする	分かれる	振られる
ken ka su ru	ra bu ra bu su ru	wa ka re ru	fu ra re ru
吵架	熱戀	分手	被甩

6 いちゃいちゃする

人前でいちゃいちゃするな。
hito mae de i cha i cha su ru na

不要在人前曬恩愛。

補充說明

助詞

きり　僅有

二人 きり の 時以外 いちゃいちゃ しない。
futa ri ki ri no toki i gai i cha i cha shi na i

除了兩人獨處的時間之外，不會黏在一塊。

7

恋人

私 たち は 友達 から 恋人 に 発展 して きた。
watashi ta chi wa tomo dachi ka ra koi bito ni ha tten shi te ki ta

我們從朋友發展成情侶。

延伸單字　常見從哪些關係發展成情侶呢？

同僚	クラスメート	幼馴染み	ルームメート
doo ryoo	ku ra su me e to	osana na ji mi	ru u mu me e to
同事	同學	青梅竹馬	室友

動詞變化

てきた形（持續／演變過來形）

要表現動作持續過來或演變過來的狀態，動詞要從 [原形] 變成 [てきた形]，也就是從 [發展＝発展する] 變成 [發展過來＝発展してきた]，動詞て形變化後，加きた。て形變化規則詳見 p. 26。例句如下：

◆ [持續過來] → 我慢してきた。　忍耐了過來。

◆ [演變過來] → 太ってきた。　變胖了過來。

8

バレンタイン

バレンタイン に 片思い の 相手 に チョコ を 渡す つもり だ。
ba ren ta i n ni kata omo i no a ite ni sho ko o wata su tsu mo ri da

（我）打算在情人節給暗戀對象巧克力。

バレンタイン 直前 に 失恋 に した。
ba ren ta i n choku zen ni shitsu ren ni shi ta

（我）在情人節前夕失戀了。

補充說明

名詞	片思い	暗戀
	チョコ	
	（或 チョコレート）	巧克力
	失恋	失戀

テレビを見る・看電視
te re bi o mi ru

リモコン ri mo ko n 遙控器	趣味 (しゅみ) shu mi 興趣	スナックを食べる (た) su na kku o ta be ru 吃零食
芸能人 (げいのうじん) gei noo jin 藝人		テレビ番組 (ばんぐみ) te re bi ban gumi 電視節目
コマーシャル ko ma a sha ru 廣告	ドラマ do ra ma 連續劇	ニュース nu u su 新聞

1 趣味

私 (わたし) の 趣味 (しゅみ) は 旅行 (りょこう) だ。
watashi no shu mi wa ryo koo da

我的興趣是旅行。

延伸單字 還有哪些常見的興趣呢？

絵描き (えか) e ka ki 畫畫	クッキー作り (づく) ku kki i duku ri 做餅乾	釣り (つ) tsu ri 釣魚	フィギュア収集 (しゅうしゅう) fi gyu a shuu shuu 收集公仔

2 スナックを食べる

旦那 は 毎日 スナック を 食べ ながら テレビ を 見る。
dan na wa mai nichi su na kku o ta be na ga ra te re bi o mi ru

（我）老公每天一邊吃零食，一邊看電視。

延伸單字　哪些零食適合拿來配電視呢？

ポテトチップス	ポップコーン	するめ	枝豆
po te to chi ppu su	po ppu ko o n	su ru me	eda mame
洋芋片	爆米花	魷魚乾	毛豆

3 テレビ番組

普段、どんな テレビ 番組 を 見る か？
fu dan don na te re bi ban gumi o mi ru ka

（你）平時都看怎樣的電視節目呢？

延伸單字　常見什麼種類的電視節目呢？

バラエティー番組	音楽番組	トーク番組	子供番組
ba ra e ti i ban gumi	on gaku ban gumi	to o ku ban gumi	ko domo ban gumi
綜藝節目	音樂節目	談話節目	兒童節目

4 ニュース

この 事件 は ニュース に なった。
ko no ji ken wa nu u su ni na tta

這件事上了新聞。

テロ に 関する ニュース量 は 前代未聞 だ。
te ro ni kan su ru nu u su ryoo wa zen dai mi mon da

恐怖攻擊相關的新聞量，真是前所未見。

補充說明

名詞	
テロ	恐怖攻擊

な形容詞	
前代未聞（な）	前所未見

5 ドラマ

<ruby>最<rt>もっと</rt></ruby>も <ruby>印象深<rt>いんしょうぶか</rt></ruby>い のは、この ドラマ の <ruby>主題歌<rt>しゅだいか</rt></ruby> だ。
motto mo　in shoo buka i　no wa　ko no　do ra ma　no　shu dai ka　da

最讓人印象深刻的，是這部連續劇的主題曲。

補充説明

| い形容詞 | <ruby>印象深<rt>いんしょうぶか</rt></ruby>い | 印象深刻的 |

延伸單字　連戲劇裡，還有哪些讓人印象深刻的部分呢？

<ruby>主役<rt>しゅやく</rt></ruby>	<ruby>配役<rt>はいやく</rt></ruby>	シナリオ	<ruby>台詞<rt>せりふ</rt></ruby>
shu yaku	hai yaku	shi na ri o	se ri fu
主角	配角	劇情	台詞

6 コマーシャル

どうやって コマーシャル を <ruby>飛<rt>と</rt></ruby>ばして <ruby>録画<rt>ろくが</rt></ruby>する か？
do o ya　tte ko ma a　sha ru　o　to ba shi te　roku ga su ru　ka

要如何跳過廣告來錄影呢？

<ruby>番組<rt>ばんぐみ</rt></ruby> より コマーシャル の <ruby>方<rt>ほう</rt></ruby> が <ruby>面白<rt>おもしろ</rt></ruby>い。
ban gumi　yo ri　ko ma a　sha ru　no　hoo ga　omo shiro i

比起節目，廣告方面更有趣。

句型解說

比起　名詞1，名詞2　更　形容詞　。
　＝　名詞1　より　名詞2　の方が　形容詞　。

在這個 [比較句型] 裡，[名詞 1] 要放入被比較的對象，[名詞 2] 要放入比較後勝出的對象。句型練習如下：

◆ [<ruby>昨日<rt>きのう</rt></ruby>／<ruby>今日<rt>きょう</rt></ruby>／いい]　→　<ruby>昨日<rt>きのう</rt></ruby>より<ruby>今日<rt>きょう</rt></ruby>の<ruby>方<rt>ほう</rt></ruby>がいい。

　　　　　　　　　　　　　　＝　比起昨天，今天更好。

◆ [お<ruby>茶<rt>ちゃ</rt></ruby>／コーヒー／<ruby>好<rt>す</rt></ruby>き]　→　お<ruby>茶<rt>ちゃ</rt></ruby>よりコーヒーの<ruby>方<rt>ほう</rt></ruby>が<ruby>好<rt>す</rt></ruby>き。

　　　　　　　　　　　　　　＝　比起茶，更喜歡咖啡。

7 芸能人

芸能人 の 噂話 に 興味 が ない。
gei noo jin no uwasa banashi ni kyoo mi ga na i

（我）對藝人的八卦沒興趣。

補充説明

名詞		句型	
噂話 うわさばなし	八卦	～に 興味 が ない きょうみ	對～沒興趣

延伸單字　藝人有哪些不同的身分與角色呢？

アイドル	歌手 かしゅ	俳優 はいゆう	女優 じょゆう
a i do ru	ka shu	hai yuu	jo yuu
偶像	歌手	男演員	女演員

8 リモコン

無意識 に リモコン で チャンネル を 変える。
mu i shiki ni ri mo kon de cha n ne ru o ka e ru

下意識地用遙控器轉台。

いつも リモコン を 探して いる。
i tsu mo ri mo ko n o saga shi te i ru

永遠都在找遙控器。

延伸單字　除了電視，還有哪些設備需要遙控器呢？

エアコン	ステレオ	DVD プレーヤー	車庫 しゃこ
e a ko n	su te re o	pu re e yaa	sha ko
空調	音響	DVD 播放器	車庫

運動・運動
うんどう
un doo

試合を見る しあい み shi ai o mi ru 看比賽	健康にいい けんこう ken koo ni i i 有益健康	ストレス解消 かいしょう su to re su kai shoo 壓力紓解
ジム ji mu 健身房		野球 やきゅう ya kyuu 棒球
汗をかく あせ ae o ka ku 流汗	山登り やまのぼ yma nobo ri 爬山	サイクリング s i ku ri n gu 騎腳踏車

1 健康にいい

笑うことは 健康 に いい。
わら　　　　　　けんこう
wara u ko to wa ken koo ni i i

笑有益健康。

毎日 20分 ほど 運動する と 健康 に いい。
まいにち にじゅっぷん　　うんどう　　けんこう
mai nichi ni ju ppun ho do un doo su ru to ken koo ni i i

每天運動 20 分鐘有益健康。

2 ストレス解消

思いっきり 運動する と、ストレス解消 に なる。
omo i kki ri un doo su ru to su to re su kai shoo ni na ru

盡情運動後壓力紓解。

延伸單字　想紓解壓力除了運動，還可以盡情做什麼呢？

食べる	叫ぶ	号泣する	ショッピングする
ta be ru	sake bu	goo kyuu su ru	sho ppi n gu su ru
大吃	大叫	痛哭	購物

---

3 野球

Q：どんな 運動 が できる か？
do n na un doo ga de ki ru ka

（你）會哪些運動呢？

A：野球 が できる
ya kyuu ga de ki ru

（我）會打棒球。

延伸單字　除了棒球，還有哪些常見的球類運動呢？

卓球	テニス	バドミントン	バスケットボール
ta kkyuu	te ni su	ba do mi n to n	ba su ke tto bo o ru
桌球	網球	羽毛球	籃球

句型解說

會 名詞 。＝ 名詞 が できる。

「會……」的句型空格裡，要放入運動／樂器／才藝等 [名詞]。例如：

◆ [運動] 會 [直排輪] ＝ インラインスケート が できる

◆ [樂器] 會 [鋼琴] ＝ ピアノ が できる

◆ [才藝] 會 [書法] ＝ 書道 が できる

4 サイクリング

湖 を めぐって サイクリング する のは 気持ち いい。
<small>みずうみ</small>
mizuumi　o　me gu　tte sa i ku ri n gu su ru　no wa　ki mo chi　i　i

繞著湖騎腳踏車是一件很舒服的事。

父 は サイクリング に はまって いる。
<small>ちち</small>
chichi wa　sa i ku ri n gu　ni　ha ma　tte　i ru

（我）爸爸迷上騎腳踏車。

補充說明

動詞	めぐる	繞著
い形容詞	気持ち いい	舒服
句型	〜に はまる	對〜著迷

延伸單字　喜歡騎腳踏車的你，必須認識哪些單字呢？

パンク	エアーポンプ	ライト	ワイヤー錠
pa n ku	e a a po n pu	ra i to	wa i ya a joo
爆胎	充氣筒	車燈	鋼鎖

5 山登り

母 は 山登り に 熱中 して いる。
<small>はは　　　やまのぼ　　　ねっちゅう</small>
haha wa　yama nobo ri　ni　ne cchuu　shi te　i ru

（我）媽媽熱衷於爬山。

補充說明

句型	〜に 熱中する	對〜熱衷

動詞變化

ている形（正在持續形）

要表現動作的持續狀態「正在／持續……」，上一例的動詞要從 [原形] 的「著迷＝はまる」變成 [正在持續形] 的「持續著迷＝はまっている」；這一例的動詞要從 [原形] 的「熱衷＝熱中する」變成 [正在持續形] 的「持續熱衷＝熱中している」，動詞て形變化後，加いる。て形變化規則詳見 p.26。

6 汗をかく

A：肥満 の 人 は 汗 を かき やすい ようだ。
　　hi man no hito wa ase o ka ki ya su i　yoo da

肥胖的人好像很容易流汗。

B：私 は 汗 を かき にくい 方 だけど。
　　watashi wa ase o ka ki ni ku i hoo da ke do

但我屬於不容易流汗的那種。

句型解說

容　易　動詞　＝　動詞ます形　やすい

不容易　動詞　＝　動詞ます形　にくい

「容易／不容易……」的句型空格裡，動詞要變成ます形，去掉ます，再加や
すい（容易）或加にくい（不容易）。例句中，動詞從 [原形] 的「汗をかく」
變成 [ます形] 的「汗をかきます」，去掉ます，再加やすい或加にくい。ま
す形變化規則詳見 p. 22。句型練習如下：

- [読む] → 読み やすい ＝ 容易閱讀
- [答える] → 答え にくい ＝ 不容易回答
- [理解する] → 理解し やすい ＝ 容易理解

---

7 ジム

毎日 ジム に 通って 筋トレ している
mai nichi ji mu ni kayo tte kin to re shi te i ru

（我）每天去健身房練肌肉。

ジム の ヨガ プログラム に 参加 したい。
ji mu no yo ga pu ro gu ra mu ni san ka shi ta i

（我）想參加健身房的瑜珈課程。

補充說明

名詞	
筋トレ	練肌肉
ヨガ	瑜珈
プログラム	課程

健身房還可能開哪些課程呢？

水泳 すいえい sui ei 游泳	**ピラティス** pi ra ti su 皮拉提斯	**ダイエット** da i e tto 減重	**格闘技** かくとうぎ kaku too gi 格鬥

8　試合を見る

テレビ で 野球 試合 の 生中継 を 見た。
やきゅう　しあい　　なまちゅうけい　　み
te re bi de ya kyuu shi ai no nama chuu kei o mi ta

（我）透過電視看了棒球比賽的實況轉播。

補充説明

名詞
生中継　實況轉播
なまちゅうけい

延伸單字 有哪些國際大型運動賽事呢？

オリンピック（＝五輪） o ri n pi kku　go rin 奧運	**メジャーリーグ** me ja a ri i gu 美國職棒大聯盟
ワールドカップ（＝W杯） wa ru do ka ppu　daburu hai 世界盃足球賽	**ウィンブルドン** wi n bu ru do n 溫布敦網球賽

買い物・購物
ka i mono

お得 o toku 划算	免税 men zei 免税	デパート de pa a to 百貨公司
レジ re ji 收銀台		靴を買う kutsu o ka u 買鞋
家電 ka den 電器	文房具 bun boo gu 文具	服を試着する fuku o shi chaku su ru 試穿衣服

1 免税

これらは 免税 に なれるか？
ko re ra wa men zei ni na re ru ka
這些可以免税嗎？

パスポートを見せるだけで、免税になる。
pa su po o to o mi se ru da ke de men zei ni na ru
只要出示護照，就免税。

2 デパート

日本 の デパート は 買い物 の 天国 に 違いない。
ni hon no de pa a to wa ka i mono no ten goku ni chiga i na i

日本的百貨公司無疑就是購物的天堂。

延伸單字 除了百貨公司，還有哪些地方好好買呢？

コンビニ	スーパー	アウトレット	商店街
ko n bi ni	su u pa a	a u to re tto	shoo ten gai
便利商店	超市	暢貨中心	商店街

句型解說

___名詞1___ **無疑就是** ___名詞2___ 。＝ ___名詞1___ は ___名詞2___ に違いない。

這個句型是「___名詞1___ 是 ___名詞2___ （ 名詞1 は 名詞2 だ ）」的強調句型。

句型練習如下：

◆ ［彼／泣き虫］　　→彼は泣き虫に違いない。　　＝他無疑就是愛哭鬼。

◆ ［あの人／犯人］　→あの人は犯人に違いない。　＝那個人無疑就是犯人。

---

3 靴を買う

靴 を 買いたい が、気に入る の は なかなか 見つからない。
kutsu o ka i ta i ga ki ni i ru no wa na ka na ka mi tsu ka ran a i

（我）想買鞋，但一直找不到中意的。

補充說明

動詞	気に入る	中意	見つかる	找到

延伸單字 有哪些常見的鞋子款式呢？

ハイヒール	スニーカー	サンダル	ブーツ
ha i hi i ru	su ni i ka a	sa n da ru	bu u tsu
高跟鞋	運動鞋	涼鞋	靴子

4 服を試着する

この 服を試着してもいいか？
ko no fuku o shichaku shi te mo i i ka

（我）可以試穿這件衣服嗎？

延伸單字　有哪些常見的衣服款式呢？

コート	シャツ	ジーンズ	ワンピース
ko o to	sha tsu	ji n zu	wa n pi i su
外套	襯衫	牛仔褲	洋裝

句型解說

我可以 動詞 嗎？＝ 動詞 て も いいか？

這是請求允許的句型。「ても＝即使」，「いいか？＝可以嗎？」，所以這一句意思是「即使……也可以嗎？＝我可以……嗎？」。空格裡的動詞要變成 [て形]，て形變化規則詳見 p. 26。句型練習如下：

- [タバコを吸う] → タバコを吸ってもいいか？ ＝我可以抽菸嗎？
- [パソコンを使う] → パソコンを使ってもいいか？ ＝我可以用電腦嗎？

5 文房具

この ホッチキス は 買う べき 文房具 だ。
ko no ho cchi ki su wa ka u be ki bun boo gu da

這個釘書機是必買的文具。

補充說明

名詞

ホッチキス	釘書機	べき	必須

延伸單字　日本有哪些非買不可的文具呢？

マスキングテープ	消しゴム	万年筆	付箋
ma su ki n gu te e pu	ke shi go mu	man nen hitsu	fu sen
紙膠帶	橡皮擦	鋼筆	便條紙

6 家電

この 家電製品 を 空港 まで 送って もらいたい。
ko no ka den sei hin o kuu koo ma de oku tte mo ra i ta i

希望能幫我把這個電器產品送到機場。

延伸單字 日本有哪些非買不可的電器呢？

ドライヤー	炊飯器	掃除機	温水清浄便座
do ra i ya a	sui han ki	soo ji ki	on sui sei joo ben za
吹風機	電子鍋	吸塵器	免治馬桶

動詞變化

てもらう形（幫我做形）

要表現「幫我忙」或「為我做」的動作狀態，動詞要從 [原形] 變成 [てもらう形]，動詞て形變化後，加もらう。也就是從 [送＝送る] 變成 [幫我送＝送ってもらう]。而這裡的例句又多了一道程序，從 [幫我送＝送ってもらう] 變成 [希望幫我送＝送ってもらいたい]。て形變化規則詳見 p. 26。

7 レジ

お勘定 は レジ まで お願いします。
o kan joo wa re ji ma de o nega i shi ma su

麻煩到收銀台結帳。

補充說明

名詞	
お勘定（＝お会計） kan joo / kai kei	結帳

延伸單字 收銀台還提供了哪些服務呢？

領収書発行	包装	取り寄せ	荷物預かり
ryoo shuu sho ha kko	hoo soo	to ri yo se	ni motsu azu ka ri
開收據	包裝	調貨	寄放東西

8 お得

<ruby>今日<rt>きょう</rt></ruby>、<ruby>全<rt>すべ</rt></ruby>て**3<ruby>割引<rt>さんわりびき</rt></ruby>**になり、とても**お<ruby>得<rt>とく</rt></ruby>**だ！

kyo　sube te san wari biki ni na ri　to te mo o toku da

今天全部打 7 折，非常划算！

補充説明

名詞		
3<ruby>割引<rt>さんわりびき</rt></ruby>	→	減 3 成（打 7 折）
6<ruby>割引<rt>ろくわりびき</rt></ruby>	→	減 6 成（打 4 折）
5％<ruby>割引<rt>ご　わりびき</rt></ruby>	→	減 5%（打 95 折）

延伸單字　哪些字眼一出現，就是划算的代名詞呢？

バーゲン	<ruby>現金返還<rt>げんきんへんかん</rt></ruby>	<ruby>値引<rt>ねび</rt></ruby>き	<ruby>景品付<rt>けいひんつ</rt></ruby>き
ba　a ge n	gen kin hen kan	ne bi ki	kei hin tsu ki
特賣會	現買現折	降價	附贈品

誕生日・生日
たんじょうび
tan joo bi

誕生日おめでとう
たんじょうび
tan joo bi o me de to o
生日快樂

ケーキ
ke e ki
蛋糕

プレゼント
pu re ze n to
禮物

厄年
やくどし
yaku doshi
犯太歲

お祝いする
いわ
o iwa i su ru
慶祝

年齢
ねんれい
nen rei
年齡

星座
せいざ
sei za
星座

願いを唱える
ねが　　とな
nega i o tona e ru
許願

1 ケーキ

ケーキ を いくら 食べても 飽きない。
た　　　　　　　あ
ke e ki o i ku ra ta be te mo a ki na i
不管吃多少蛋糕，都不會膩。

延伸單字　有哪些常見的蛋糕種類呢？

ショートケーキ
sho o to ke e ki
草莓奶油蛋糕

モンブランケーキ
mon bu ran ke e ki
栗子蛋糕

カステラ
ka su te ra
蜂蜜蛋糕

ロールケーキ
to o ru ke e ki
瑞士捲蛋糕

不管怎麼 __動詞1__ ，都不會 __動詞2__ 。

　　＝いくら __動詞1__ ても、 __動詞2__ ない。

這是強調動作頻率的句型。 __動詞1__ 要改成て形加も， __動詞2__ 要改成ない形。て形變化規則詳見 p. 26；ない形變化規則詳見 p. 19。

句型練習如下：

◆ [言う／聞く]　→　いくら言っても、聞かない。

　　　　　　　　　　＝　不管怎麼說，都不聽。

◆ [反対する／構う]　→　いくら反対しても、構わない。

　　　　　　　　　　　　＝　不管怎麼反對，都不在乎。

2 プレゼント

こちらは 自宅用 ですか？ プレゼント用 ですか？
ko chi ra wa　ji taku yoo de su ka　　pu re zen to yoo de su ka

這是自用呢？還是送禮用呢？

この プレゼント を ラッピング して もらいたい。
ko no pu re zen to　o ra　ppin gu shi te mo ra i ta i

希望你能幫我包裝這個禮物。

請店家包裝禮物時，可能會要求什麼呢？

箱	紙袋	カード	リボン
hako	kami bukuro	ka do	ri bon
盒子	紙袋	卡片	緞帶

てもらう形（幫我做形）

要表現「幫我忙」或「為我做」的動作狀態，動詞要從 [原形] 變成 [てもらう形]，動詞て形變化後，加もらう。也就是從 [包裝＝ラッピングする] 變成 [幫我包裝＝ラッピングしてもらう]，這裡的例句又多了一道程序，從 [幫我包裝＝ラッピングしてもらう] 變成 [希望幫我包裝＝ラッピングしてもらいたい]。て形變化規則詳見 p. 26。

3 お祝いする

せっかく なので、 お祝い しよう よ!
se kka ku na no de　o iwa i shi yo o yo

因為難得,所以來慶祝吧!

補充說明

副詞	
せっかく	難得

動詞變化

意向形(一起……吧!)

建議/邀請對方「一起……吧」,動詞要從原形的「する」,變成意向形的「しよう」。意向形變化規則詳見 p. 25。

4 願いを唱える

願い を 唱えて から、蝋燭 の 火 を 吹き消す。
nega i o tona e te ka ra　roo soku no hi o fu ki ke su

許願後,再吹蠟燭。

流れ星 に 願い を 唱える と、願い が 叶う。
naga re boshi ni nega i o tona e ru to naga i ga kana u

對著流星許願,願望就會實現。

補充說明

動詞	
吹き消す	吹熄
叶う	實現

5 星座

私 は 牡牛座 で、星座 占い を 信じている。
watashi wa o ushi za de sei za urana i o shin ji te i ru

我是金牛座，我相信星座占卜。

延伸單字 　十二星座該怎麼說呢？

おひつじ座
o hi tsu ji za

牡羊座

牡牛座
o ushi za

金牛座

双子座
futa go za

雙子座

蟹座
kani za

巨蟹座

獅子座
shi shi za

獅子座

乙女座
oto me za

處女座

天秤座
ten bin za

天秤座

蠍座
sasori za

天蠍座

射手座
i te za

射手座

山羊座
ya gi za

摩羯座

水瓶座
mizu game za

水瓶座

魚座
uo za

雙魚座

6 年齢

<ruby>息子<rt>むすこ</rt></ruby> は <ruby>反抗期<rt>はんこうき</rt></ruby> の <ruby>年齢<rt>ねんれい</rt></ruby> に なった。<ruby>今<rt>いま</rt></ruby>、<ruby>十一歳<rt>じゅういっさい</rt></ruby> だ。

musu ko　wa　han koo ki　no　nen rei　ni　na tta　ima　juu i ssai　da

（我）兒子正值反抗期的年齡。現在 11 歲。

延伸單字　歲數該怎麼唸呢？

數字的唸法						加歲的唸法
						音變
いち 一 ichi	じゅういち 十一 juu ichi	に じゅういち 二十一 ni juu ichi	さんじゅういち 三十一 san juu ichi	よんじゅういち 四十一 yon juu ichi	ご じゅういち 五十一 go juu ichi	いっ さい 〜一 歳 i　ssai
に 二 ni	じゅう に 十二 juu ni	に じゅう に 二十二 ni juu ni	さんじゅう に 三十二 san juu ni	よんじゅう に 四十二 yon juu ni	ご じゅう に 五十二 go juu ni	に さい 〜二 歳 ni　sai
さん 三 san	じゅうさん 十三 juu san	に じゅうさん 二十三 ni juu san	さんじゅうさん 三十三 san juu san	よんじゅうさん 四十三 yon juu san	ご じゅうさん 五十三 go juu san	さん さい 〜三 歳 san　sai
よん 四 yon	じゅうよん 十四 juu yon	に じゅうよん 二十四 ni juu yon	さんじゅうよん 三十四 san juu yon	よんじゅうよん 四十四 yon juu yon	ご じゅうよん 五十四 go juu yon	よん さい 〜四 歳 yon　sai
ご 五 go	じゅう ご 十五 juu go	に じゅう ご 二十五 ni juu go	さんじゅう ご 三十五 san juu go	よんじゅう ご 四十五 yon juu go	ご じゅう ご 五十五 go juu go	ご さい 〜五 歳 go　sai
						音變
ろく 六 roku	じゅうろく 十六 juu roku	に じゅうろく 二十六 ni juu roku	さんじゅうろく 三十六 san juu roku	よんじゅうろく 四十六 yon juu roku	ご じゅうろく 五十六 go juu roku	ろっ さい 〜六 歳 ro　ssai
なな 七 nana	じゅうなな 十七 juu nana	に じゅうなな 二十七 ni juu nana	さんじゅうなな 三十七 san juu nana	よんじゅうなな 四十七 yon juu nana	ご じゅうなな 五十七 go juu nana	なな さい 〜七 歳 nana　sai
						音變
はち 八 hachi	じゅうはち 十八 juu hachi	に じゅうはち 二十八 ni juu hachi	さんじゅうはち 三十八 san juu hachi	よんじゅうはち 四十八 yon juu hachi	ご じゅうはち 五十八 go juu hachi	はっ さい 〜八 歳 ha　ssai
きゅう 九 kyuu	じゅうきゅう 十九 juu kyuu	に じゅうきゅう 二十九 ni juu kyuu	さんじゅうきゅう 三十九 san juu kyuu	よんじゅうきゅう 四十九 yon juu kyuu	ご じゅうきゅう 五十九 go juu kyuu	きゅう さい 〜九 歳 kyuu　sai
						音變
じゅう 十 juu	に じゅう 二十 ni juu	さんじゅう 三十 san juu	よんじゅう 四十 yon juu	ご じゅう 五十 go juu	ろくじゅう 六十 roku juu	じゅっ さい 〜十 歳 ju　ssai

註：當尾數是 0、1、6、8 歲，數字的尾音會變成促音 " っ "（不發音，停一拍）。

　　<ruby>二十歳<rt>はたち</rt></ruby>的發音是特殊唸法，唸二十歲。

7 厄年

A：ついてない！今年 は 私 の 厄年 だ。

tsu i te na i　ko toshi　wa watashi　no　yaku doshi　da

真倒楣！今年我犯太歲。

B：厄払い に 行った ほう が いい。

yaku bara i　ni　i tta　hoo　ga　i i

（你）最好去消災解厄。

慣用語		名詞	
ついてない	倒楣	厄払い	消災解厄

8 誕生日おめでとう

A：いよいよ私 の 誕生日 だ！私 へ の プレゼント は？

i yo i yo watashi　no　tan joo bi　da　watashi he　no　pu re ze n to　wa

終於到了我的生日！給我的禮物呢？

B：誕生日 おめでとう！

tan joo bi　o me de to o

生日快樂！

副詞	
いよいよ	終於

補充説明

病気・生病
びょう　き
byoo　ki

体温を測る たいおん　はか tai on o haka ru 量體溫	喉が痛い のど　いた nodo ga　ita i 喉嚨痛	インフルエンザ i n fu ru e n za 流感
アレルギー a　re ru gi　i 過敏		休む やす yasu mu 休息
薬を飲む くすり　の kusuri o no mu 吃藥	医者に診てもらう いしゃ　み i sha ni mi te mo ra u 看醫生	病院に行く びょういん　い byoo in ni i ku 去醫院

1 喉が痛い

喉 が 我慢 できない ほど 痛い。
のど　　がまん　　　　　　　　いた
nodo ga　ga man de ki na i　ho do　ita i

喉嚨痛到無法忍受的地步。

延伸單字　除了喉嚨，還有哪些部位也常常在痛呢？

頭 あたま atama 頭	お腹 なか o naka 肚子	歯 は ha 牙齒	足 あし ashi 腳

2 インフルエンザ

最近 インフルエンザ が 流行って いる。
sai kin i n fu ru e n za ga ha ya tte i ru

最近流感正在流行。

インフルエンザ で 筋肉痛 が 起こった。
i n fu re n za de kin niku tsuu ga o ko tta

流感引起了肌肉痠痛症狀。

補充說明

動詞	
流行る	流行
起こる	引起

延伸單字　流感還會引起哪些症狀呢？

咳き	熱	くしゃみ	鼻水
se ki	netsu	ku sha mi	hana mizu
咳嗽	發燒	打噴嚏	流鼻水

3 休む

ゆっくり 休んで ください。
yu kku ri yasu n de ku da sa i

請好好休息。

仕事 を 休む 気 が ない。
shi goto o yasu mu ki ga na i

不想工作休假。

補充說明

片語	
仕事 を 休む	工作休假

片語	
～気 が ない	不想～

4 病院に行く

びょういん　い
病院 に 行った ほう が いい。
byoo in　ni　i　tta　ho o　ga　i i

（你）最好去醫院。

延伸單字　去醫院可以看哪些科呢？

じ び いんこう か 耳鼻咽喉科 ji bi in koo ka	しょう に か 小児科 shoo ni ka	しょう か き ない か 消化器内科 shoo ka ki nai ka	せいけい げ か 整形外科 sei kei ge ka
耳鼻喉科	小兒科	腸胃科	整形外科

句型解說

最好　動詞　。＝　動詞た形　ほう が いい。

這是「建議作法」的句型。　動詞　要改成た形，後面加 ほう（這方面）が
いい（比較好）。た形變化規則詳見 p. 27。句型練習如下：

- だま　　　　　　　　　だま
  ◆ [黙る]　　　→　黙った　　　ほうがいい　＝最好閉嘴。
- わたし おし　　　　　　わたし おし
  ◆ [私に教える]　→　私に教えた　ほうがいい　＝最好告訴我。

5 医者に診てもらう

たいちょう　　わる　　　　　　いしゃ　　み
体調 が 悪く なる とき、医者 に 診て もらった ほう が いい。
tai choo　ga　waru ku　na ru　to ki　i sha　ni　mi te　mo ra　tta　ho o　ga　i i

身體不舒服時，最好看醫生。

動詞變化

てもらう形（幫我做形）

中文說「看醫生」，日文語法變成「讓醫生幫我看診」，所以會用到「てもら
う」的動詞變化。「讓醫生＝医者に」，「幫我看診＝診てもらう」。

再複習一遍，要表現「幫我忙」或「為我做」的動作狀態，動詞要從 [原形]
變成 [てもらう形]，動詞て形變化後，加もらう。て形變化規則詳見 p. 26。

6 薬を飲む

時間通りに 薬を 飲む。
ji kan doo ri ni kusuri o no mu

按時吃藥。

病気 を 治したい なら、薬を 飲む べき だ。
byoo ki o nao shi tai nara kusuri o no mu be ki da

想治好病的話，必須吃藥。

延伸單字　除了叫你吃藥，醫生還會做出哪些診療行為呢？

ちゅうしゃ 注射する chuu sha su ru	てんてき 点滴する ten teki su ru	さいけつ 採血する sai ketsu su ru	レントゲンを 撮る re n to ge n o to ru	にゅういん 入院する nyuu in su ru	オペする o pe su ru
打針	吊點滴	抽血	照 X 光	住院	開刀

7 アレルギー

あの 薬を 飲む と、アレルギー が 出る。
a no kusui o no mu to a re ru gi i ga de ru

只要吃那種藥，就會過敏。

延伸單字　除了吃藥會過敏，吃什麼也容易引發過敏呢？

えび e bi	かに ka ni	にゅうせいひん 乳製品 nyuu sei hin	だいず 大豆 dai zu
蝦子	螃蟹	乳製品	黃豆

8 体温を測る

体温 を 正しく 測る こと が できる か？
tai on o tada shi ku haka ru ko to ga de ki ru ka

（你）會正確測量體溫嗎？

延伸單字　除了量體溫，哪些生命徵象也要測量呢？

けつあつ 血圧 ketsu atsu	しんぱくすう 心拍数 shin paku suu	しんちょう 身長 shin choo	たいじゅう 体重 tai juu
血壓	心跳	身高	體重

お正月・過年
しょう がつ
o shoo gatsu

ねんがじょう **年賀状** nen ga joo 賀年卡	おおそうじ **大掃除** oo soo ji 大掃除	りょうり **おせち料理** o se chi ryoo ri 年菜
おみくじを引く ひ o mi ku ji o hi ku 求籤		じっか かえ **実家に帰る** ji kka ni kae ru 返鄉
はつもうで **初 詣** hatsu moode 新春拜拜	としだま **お年玉** o toshi dama 壓歲錢	ふくぶくろ か **福袋を買う** fuku bukuro o ka u 買福袋

1 大掃除

おおみそか に おおそうじ しんねん むか
大晦日 に 大掃除して 新年 を 迎える。
oo miso ka ni oo soo ji shi te shin nen o muka e ru

在除夕大掃除迎接新年。

おおそうじ
大掃除し ても きれい に ならない。
oo soo ji shi te mo ki re i ni na ra na i

即使大掃除，也不會變乾淨。

即使＿＿動詞＿＿，也……。 ＝ ＿＿動詞＿＿ ても …。

這是前後轉折的句型，相當於中文的「即使……也……」、「雖然……但是……」。空格裡的動詞要變成 [て形]，再加も。て形變化規則詳見 p. 26。句型練習如下：

◆ [地図がある] → 地図があっても、道を迷ってしまう。

               ＝ 即使有地圖，也是迷路。

◆ [早く起きる] → 早く起きても、遅刻になる

               ＝ 即使早起，也是遲到。

2 おせち料理

A：おせち料理 は 作れる か？
   o se chi ryoo ri wa tsuku re ru ka

（你）會做年菜嗎？

B：年越し そば は 作れる。
   toshi ko shi so ba wa tsuku re ru

（我）會做跨年蕎麥麵。

傳統日本年菜，都有哪些菜色呢？

えび	昆布巻き	数の子	黒豆
e bi	kon bu ma ki	kazu no ko	kuro mame
蝦子	昆布捲	鯡魚卵	黑豆
（象徵健康長壽）	（象徵幸福喜悅）	（象徵多子多孫）	（象徵勤奮工作）

註：日本年菜會裝在四層精美漆木盒裡，看起來精緻，但都是冷菜。

可能形

要表現「會……／可以……」的動作狀態，動詞要從 [原形] 的 [做＝作る]，變成 [可能形] 的 [會做＝作れる]。可能形變化規則詳見 p.23。

3 実家に帰る

喧嘩 になると、嫁 は すぐ 実家 に 帰る。
ken ka　ni na ru to　yome wa　su gu　ji kka　ni　kae ru

一吵架，（我）老婆就回娘家。

補充說明

名詞		動詞	
実家に帰る	→ 老家	帰省する	→ 返鄉（另一種說法）

4 福袋を買う

福袋 を 買って 縁起 が よくなる らしい。
fuku bukuro o　ka　tta　en gi ga　yo ku na ru　ra shi i

買福袋好像會變得吉利。

行列 に 並んで 数限定 の 福袋 を 買った。
gyoo retsu　ni　nara n　de　kazu gen tei　no　fuku bukuro o　ka　tta

排隊買限量的福袋。

補充說明

形容詞片語

縁起がいい　→　吉利

縁起が悪い　→　不吉利

延伸單字　除了數量限定，還有哪些限定呢？

地域限定	期間限定	会員限定	色限定
chi iki gen tei	ki kan gen tei	kai in gen tei	iro gen tei
地區限定	期間限定	會員限定	顏色限定

5 お年玉

お年玉 は 何歳 まで もらえるか？
o toshi dama　wa　nan sai　ma de　mo ra e　ru ka

壓歲錢可以領到幾歲呢？

動詞變化

可能形

要表現「會……／可以……」的動作狀態，動詞要從 [原形] 的 [領＝もらう]，變成 [可能形] 的 [可以領＝もらえる]。可能形變化規則詳見 p. 23。

文化小知識

日本壓歲錢基本上跟台灣一樣，過年期間由長輩發給還在就學的晚輩，給年齡愈大、愈親近的晚輩，壓歲錢就包得愈多。不同的是，台灣的壓歲錢一定放在紅色的紅包袋裡，紙鈔平整放入；而日本的壓歲錢則放在白色、粉色的壓歲錢袋裡，紙鈔折成三折放入，也可放硬幣。

6 初詣

伊勢神宮 に 初詣 に 行きたい。
i se jin guu　ni　hatsu moode　ni　i ki ta i

（我）新年想去伊勢神宮參拜。

京都 の 初詣 スポット といえば、伏見稲荷神社 だ
kyoo to　no　hatsu moode　su po　tto　to i e ba　fushi mi ina ri jin ja da

說到京都的新年參拜地點，就是伏見稻荷神社。

延伸單字　日本各地新年最多人去參拜的地點是？

名古屋・熱田神宮	東京・明治神宮	大阪・住吉大社	神戸・生田神社
na go ya / atsu ta jin guu	too kyoo / mei ji jin guu	oo saka / sumi yoshi tai sha	koo be / iku ta jin ja
名古屋・熱田神宮	東京・明治神宮	大阪・住吉大社	神戸・生田神社

7 おみくじを引く

おみくじ を 引いて、大吉 が 当たった！
o mi ku ji o hi i te dai kichi ga a ta tta

求籤抽中了大吉！

補充說明

動詞

当たる　　中（獎）

延伸單字　　除了大吉，你還可能會抽中什麼呢？

末吉	大凶	一等賞	宝くじ
sue kichi	dai kyoo	i tto shoo	takara ku ji
小吉	大凶	頭獎	彩券

---

8 年賀状

年末に年賀状を書いたり送ったりするだけで大忙し。
nen matsu ni nen ga joo o ka i ta ri oku tta ri su da ke de de tai ro ga shi

年終光是又寫賀年卡又寄賀年卡，就超級忙。

句型解說

又 __動詞1__ 又 ___動詞2___ ……。
＝ __動詞1__ たり __動詞2__ たり する。

這是列舉的句型，從許多事情中列舉一兩件當例子，相當於中文的「又……又……」。空格裡的動詞都要變成 [た形] 再加り，最後加個する。た形變化規則詳見 p. 27。句型練習如下：

◆ [掃除する／洗濯する]　→　掃除したり洗濯したりする。

　　　　　　　　　　　　　 ＝　又掃地又洗衣服。

◆ [洗濯を聴く／本を読む]　→　洗濯を聴いたり本を読んだりする。

　　　　　　　　　　　　　 ＝　又聽音樂又看書。

カラオケで歌う ・唱KTV
ka ra o ke de uta u

曲を切る kyoku o ki ru 切歌	個室を予約する ko shitsu o yo yaku su ru 訂包廂	盛り上がる mo ri a ga ru 變熱鬧
声がきれい koe ga ki re i 聲音好聽		マイク ma i ku 麥克風
歌が上手 uta ga joo zu 很會唱歌	飲み放題 no mi hoo dai 無限暢飲	徹夜する tetsu ya su ru 通宵

1 個室を予約する

トイレ 付き 個室 を 予約したい ん ですが。
to i re tsu ki ko shitsu o yo yaku shi ta i n de su ga
（我）想訂附廁所的包廂。

前もって 個室 を 予約す べき だ。
mae mo tte ko shitsu o yo yaku su be ki da
應該要提前訂包廂。

補充說明	
名詞	
～付き	附～
副詞	
前もって	提前

2 盛り上がる

パーティ は <u>ようやく</u> 盛り上がって きた。
pa a ti wa yo o ya ku mo ri a ga tte ki ta

派對終於熱鬧了起來。

補充説明

副詞

ようやく　終於

延伸單字 哪些常見的聚會，也需要讓場子變熱鬧呢？

しょくじかい **食事会** shoku ji kai	のみかい **飲み会** no mi kai	ぼうねんかい **忘年会** boo nen kai	しんねんかい **新年会** shin nen kai
聚餐	酒局	尾牙	春酒

動詞變化

てきた形（持續／演變過來形）

要表現動作持續過來或演變過來的狀態，動詞要從 [原形] 變成 [てきた形]，動詞て形變化後，加きた。也就是從 [熱鬧＝盛り上がる] 變成 [熱鬧了起來＝盛り上がってきた]。て形變化規則詳見 p. 26。

3 マイク

マイク は なかなか 回って 来ない。
ma i ku wa na ka na ka mawa tte ko na i

麥克風很難輪到這裡來。

句型解説

很難 <u>　動詞　</u> 。 ＝なかなか <u>　動詞　</u> ない。

這是強調「一直不……／很難做……」的句型。<u>　動詞　</u> 要改成ない形。ない形變化規則詳見 p. 19。句型練習如下：

◆ [決める] → なかなか 決めない。 ＝很難決定。

◆ [上達する] → なかなか 上達しない。 ＝很難進步。

4 徹夜する

徹夜 して 歌う こと は 大変 だ。
tetsu ya shi te uta u ko to wa tai hen da

通宵唱歌是一件很累的事。

延伸單字 我們還常常通宵做什麼事呢？

試験勉強する	オンラインゲームする	仕事する	宿題する
shi ken ben kyoo su ru	o n ra i n ge e mu su ru	shi goto su ru	shuku dai su ru
準備考試	玩線上遊戲	工作	寫功課

---

5 飲み放題

ここ は 飲み放題 なので、ドリンクバー で 何か 取ろう！
ko ko wa no mi hoo dai na no de do ri n ku ba a de nani ka to ro o

這裡是無限暢飲的，去飲料吧拿些東西吧！

補充說明

名詞

ドリンクバー	飲料吧	何か	某個（些）東西

延伸單字 日本無限暢飲的飲料吧，常見哪些飲料呢？

ジンジャーエール	コーヒー	ミルクティー	ウーロン茶
ji n ja a e e ru	ko o hi i	mi ru ku ti i	u u ro n cha
薑汁汽水	咖啡	奶茶	烏龍茶

動詞變化

意向形（一起……吧！）

建議／邀請對方「一起……吧」，動詞要從原形的「取る」，變成意向形的「取ろう」。意向形變化規則詳見 p. 25。

6 歌が上手

友達 の 中 で、彼 は 歌 が 一番 上手 だ。
tomo dachi　no　naka　de　kare　wa　uta　ga　ichi ban　joo zu　da

朋友之中，他最擅長唱歌。

延伸單字　在「上手」前面，還能改放哪些擅長的事呢？

ダンス	お世辞	日本語	芝居
dan su	o se ji	ni hon go	shi bai
跳舞	客套話	日文	演戲

7 声がきれい

さすが 合唱団員、声 が きれい だ！
sa su ga　ga sshoo dan in　koe ga　ki re i　da

不愧是合唱團的人，聲音真好聽。

補充說明

副詞

さすが　不愧是

延伸單字　還可以用哪些形容詞形容聲音呢？

高い	低い	愛情たっぷり（な）	独特（な）
taka i	hiku i	ai joo ta ppu ri na	doku toku na
高亢	低沉	充滿感情	獨特

8 曲を切る

どうやって リモコン で 曲を切る か？
do o ya　tte ri mo ko n　de kyoku o ki ru　ka

要如何用遙控器切歌呢？

延伸單字　在 KTV 除了切歌，還可以用遙控器做什麼呢？

曲を入れる	曲を割り込む	キーを上げる	キーを下げる
kyoku o i re ru	kyoku o wa ri ko mu	ki i o a ge ru	ki i o sa ge ru
點歌	插歌	升調	降調

家を借りる・租屋
ie o ka ri ru

家賃
ya chin
房租

契約を結ぶ
kei yaku o musu bu
簽合約

大家
oo ya
房東

家具付き
ka gu tsu ki
附傢俱

間取り
ma do ri
格局

マンション
ma n sho n
電梯華廈

ペット可
pe tto ka
可養寵物

引越す
hi kko su
搬家

1 契約を結ぶ

急かさないで！賃貸契約 を 結ぶ なんて。
se ka sa na i de chin tai kei yaku o musu bu na n te

別催我！簽什麼租屋合約。

延伸單字　說到簽約，會想到哪些合約形式呢？

売買契約	提携契約	雇用契約	委任契約
bai bai kei yaku	tei kei kei yaku	ko yoo kei yaku	i nin kei yaku
買賣合約	合作合約	雇用合約	委任合約

2 大家

大家さんに連絡して鍵を取る。
oo ya sa n ni ren raku shi te kagi o to ru

跟房東連絡拿鑰匙。

___動詞1___（然後）___動詞2___。＝___動詞1___て___動詞2___。

連接兩個動詞時，[動詞1]要變成て形，[動詞2]不做任何改變。這個て有時翻譯成「然後」，更多時候不翻譯出來。句型練習如下：

◆ 泣く／逃げる] → 泣いて 逃げる ＝哭著逃走

◆ [見る／写す] → ノートを見て 写す ＝看筆記抄

3 間取り

私 にとって 間取り が 一番大切 だ。
watashi ni to tte ma do ri ga ichi ban tai setsu da

對我來說，格局是最重要的。

間取り の いい 家 が ほしい。
ma do ri no i i ie ga ho shi i

我想要格局不錯的家。

補充說明

片語

～にとって　　對～來說

延伸單字　看房子時，你還可能會著重哪些地方？

日差し	風通し	立地	坪数
hi za shi	kaze too shi	ri cchi	tsubo suu
採光	通風	地點	坪數

4 引越す

会社 の 近く に 引っ越す つもり だ。
kai sha no chika ku ni hi kko su tsu mo ri da

（我）打算搬到公司附近。

延伸單字　還可能搬家搬到什麼地點附近呢？

学校	駅	インターチェンジ	実家
ga koo	eki	i n ta a che n ji	ji kka
學校	車站	交流道	娘家

5 ペット可

ペット可 の 物件 を 探して いる。
pe tto ka no bu kken o saga shi te i ru

（我）正在找可養寵物的房子。

延伸單字　租屋要求方面，除了可養寵物，還想到什麼呢？

保証人なし	礼金なし	敷金なし	即入居
ho shoo nin na shi	rei kin na shi	shiki kin na shi	soku nuu kyo
免保證人	免禮金	免押金	馬上入住

動詞變化

ている形（正在持續形）

要表現動作的持續狀態「正在／持續……」，動詞要從 [原形] 的「找＝探す」
變成 [正在持續形] 的「正在找＝探している」。也就是動詞て形變化後，加
いる。て形變化規則詳見 p. 26。

6 マンション

この マンション は 思った より ゴージャス だ。
ko no man sho n wa omo tta yo ri go o ja su da

這個電梯華廈比想像中豪華。

補充說明

片語
思った より　　　比想像中

延伸單字　　除了電梯華廈,房子還有哪些型態呢?

一軒家	アパート	1 LDK	2 LDK
i kken ya	a pa a to	wan eru dii kee	tsuu eru dii kee
獨棟透天	公寓(無電梯)	一房一廳一餐一廚	兩房一廳一餐一廚

註:1LDK 中的 1,代表 1 個房間;L(Living Room)代表有客廳;D(Dining Room)代表有餐廳;K(Kitchen)代表有廚房,所以 1LDK 就是擁有一房一廳一餐一廚的房子。同理,1K 就是擁有一房一廚的房子,2LDK 就是擁有兩房一廳一餐一廚的房子。

7 家具付き

家具付き の 物件 を 探したい。
ka gu tsu ki no bu kken o saga shi ta i

(我)想找附傢俱的房子。

延伸單字　　租屋時,還希望能附什麼設備呢?

エアコン	バルコニー	駐車場	インターネット
e a ko n	ba ru ko ni i	chuu sha joo	i n ta a ne tto
空調	陽台	停車場	網路

8 家賃

月5万円の 家賃 には ケーブルテレビ 料金が 含まれて いない。
tsuki go man en no　ya chin　ni wa ke e bu ru te re bi ryoo kin ga fuku ma re te　i na i

每月5萬日元的房租不含第四台費用。

延伸單字　你可能想問:房租含不含以下費用?

水道代	電気代	ガス代	管理費
すいどうだい	でんきだい	だい	かんりひ
水道代	電気代	ガス代	管理費
sui doo dai	den ki dai	ga su dai	kan ri hi
水費	電費	瓦斯費	管理費

註:日文常見的光熱費,是電費+瓦斯費的總稱。

動詞變化

されていない形(不被狀態形)

要表現「不被……」的狀態,動詞要先改成 [被動形],再改成 [否定狀態形]。以此句為例,動詞從 [原形] 的 [包含=含む],變成 [被動形] 的 [被包含 =含まれる],再接 [否定狀態形] 的 [〜ていない],最後變成 [不被包含 =含まれていない]。被動形變化規則詳見 p. 20。

仕事探し・找工作
しごとさがし
shi goto saga

稼ぐ
かせ
kase gu

賺錢維生

履歴書
りれきしょ
ri reki sho

履歷表

応募する
おうぼ
oo bo su ru

應徵

賃上げ
ちんあ
chin a ge

加薪

Resume

面接
めんせつ
men setsu

面試

学歴
がくれき
gaku reki

學歷

リーダーシップあり
ri i da a shi ppu a ri

具領導特質

採用条件
さいようじょうけん
sai yoo joo ken

應徵條件

註：如果是應屆畢業生找工作，日文專有名詞叫做「就職活動」，簡稱「就活」。

1 履歴書

履歴書 を 書いて 志望企業 に 送った。
りれきしょ か しぼうきぎょう おく
ri reki sho o ka i te shi boo ki gyoo ni oku tta

寫好履歷表，寄去想應徵的公司了。

履歴書 を 送った けど、写真 貼付 は 忘れた。
りれきしょ おく しゃしん ちょうふ わす
ri reki sho o oku tta ke do sha shin choo fu wa wasu re ta

履歷表寄出去了，但忘了貼照片。

補充說明

助詞	けど	雖然		
名詞	履歴書 → 履歷表	レジュメ → 履歷表（另一種說法）		

2 応募する

あの 仕事 に 応募しよう とする。
a　no　shi goto ni　oo bo shi yo o　to su ru

（我）想要應徵那個工作。

名詞	動詞	
きゅうしょく 求職 ＝ 求職	おうぼ ～に応募する	→ 應徵～（工作）
きゅうじん 求人 ＝ 求才	ぼしゅう ～を募集する	→ 徵求～（人才）

句型解說

想要　動詞　＝　動詞　よう　とする

要表達「努力嘗試去做某動作」時，會以「動詞意向形＋とする」的形態表示，中文翻譯成「（努力）想要……」、「打算要……」。

動詞意向形變化規則詳見 p. 25。句型練習如下：

- お
  [起きる] → 起きよう　とする　＝想要起床

- う と
  [受け取る] → 受け取ろう　とする　＝想要接受

- けっこん
  [結婚する] → 結婚しよう　とする　＝想要結婚

3 面接

やった！やっと 面接 が 通った。
ya tta！ya tto　men setsu　ga　too tta

太好了！終於通過了面試。

しまった！今回 の 面接 に 落ちる かも。
shi ma tta　kon kai no　men setsu ni　o chi ru ka mo

慘了！這次的面試可能過不了。

動詞	
とお 通る	通過
お 落ちる	失敗

4 採用条件

私 はその 採用条件 に ぴったり だ。
watashi wa so no sai yoo joo ken ni pi tta ri da

我完全符合那個應徵條件。

この 採用条件 なら、私 には 厳しい かも。
ko no sai yoo joo ken na ra watashi ni wa kibi shi i ka mo

這種應徵條件，對我來説可能太嚴格了。

句型解説

說不定／也許　動詞／形容詞／名詞

= 動詞／形容詞／名詞（原形）　かも

要表達說話者「不武斷、不確定」的推測時，會用「かもしれない」，口語化後省略成「かも」，中文翻譯成「說不定……」、「也許……」、「應該……」、「可能……」。

「かも」前面加推測的內容，可以是動詞的任何形態，也可以是形容詞、名詞等。句型練習如下：

- ◆ 動詞　　　[買う]　→　買う　　かも　=說不定會買
- ◆ い形容詞　[いい]　→　いい　　かも　=也許不錯
- ◆ な形容詞　[賑やか]　→　賑やか　かも　=應該很熱鬧
- ◆ 名詞　　　[一位]　→　一位　　かも　=可能第一名

---

5 リーダーシップあり

リーダーシップあり の 人材を求めている。
ri i da a shi ppu a ri no jin zai o moto me te i ru

（我們）尋求具領導特質的人才。

延伸單字　公司還可能尋找哪些特質的人才呢？

礼儀正しい	やる気満々	協調性あり	コミュニケーション能力あり
rei gi tada shi i	ya ru ki man man	kyoo choo sei a ri	ko myu ni ke e sho n noo ryoku a ri
有禮貌	幹勁十足	合群	具溝通能力

6 学歴

学歴 が 大事 だが、職歴 が もっと 大事。
gaku reki ga dai ji da ga shoku reki ga mo tto dai ji

學歷雖然重要，但經歷更重要。

高校中退 の 学歴 は 就職ネック に なってしまう。
koo koo chuu tai no gaku reki wa shuu shoku ne kku ni na tte shi ma u

高中肄業的學歷成為求職瓶頸。

延伸單字	還有哪些學歷的表現方式呢？		
～卒業 sotsu gyoo	**～終了** shuu ryoo	**浪人** roo nin	**留年** ryuu nen
～畢業	～（碩士班）結業	重考	留級

7 賃上げ

景気 が 悪くても 賃上げ の 方針 は 変わらない。
kei ki ga waru ku te mo chin a ge no hoo shin wa ka wa ra na i

景氣雖然差，但加薪的方針不變。

延伸單字	說到薪水，還有哪些相關的單字呢？		
給与 kyuu yo	**手当て** te a te	**残業代** zan gyoo dai	**交通費** koo tsuu hi
薪水	加給／獎金	加班費	交通費

8 稼ぐ

補充說明

動詞	
稼ぐ（かせ）	掙錢（維生）
儲かる（もう）	賺錢（獲利）

この 副業 は いくら ぐらい 稼げる か？
ko no fuku gyoo wa i ku ra gu ra i kase ge ru ka

這個副業大概可以掙多少錢？

動詞變化

可能形

要表現「會……／可以……」的動作狀態，動詞要從 [原形] 的 [掙錢＝稼ぐ]，變成 [可能形] 的 [可以掙＝稼げる]。可能形變化規則詳見 p. 23。

<table>
<tr><td>

_{すてき}
素敵
su teki

很棒／美好

</td><td>

_{はで}
派手
ha de

花俏

</td><td>

イメチェン
i me che n

改變形象

</td></tr>
<tr><td>

コーデ
ko o de

穿搭

</td><td>

</td><td>

スキンケア
su ki n ke a

肌膚保養

</td></tr>
<tr><td>

イケメン
i ke me n

帥哥

</td><td>

_{けしょう}
化粧する
ke shoo su ru

化妝

</td><td>

ニキビ
ni ki bi

青春痘

</td></tr>
</table>

註：おしゃれ當成形容詞時，意思為「時尚的／時髦的」，這裡是名詞，意思為「打扮／時尚」。

1 派手

_みかけ は _{はで}でも、_{こころ}は _{さばく}だ。
mi ka ke wa ha de de mo kokoro wa sa baku da

即便外形花俏，內心卻如沙漠。

ああいう _{はで}な ネイル、センス_{わる}！
a a i u hade na ne i ru se n su waru

那麼花俏的指甲，品味真差。

補充說明

名詞	
_みかけ	外形
センス	品味

127

2 イメチェン

カツラ を かぶって イメチェン した。
ka tsu ra o ka bu tte i me che n shi ta

戴上假髮，形象改變。

イメチェン **なんて** 私 に 向いて ない。
i me che n na nte watashi ni mu i te na i

改變形象那種事不適合我。

補充說明

名詞		助詞	
カツラ	假髮	～なんて	～那種事／什麼的

動詞變化

てない形（否定狀態形）

要表現「不……的狀態」，動詞要從 [原形] 的 [適合＝向く]，變成 [否定狀態形] 的 [不適合＝向いていない]，動詞て形變化後，加いない。而口語上，常常將 [向いていない] 簡化說成 [向いてない]，省掉中間的い。て形變化規則詳見 p. 26。

3 スキンケア

スキンケア は めんどくさい！乳液 を 塗る なんて。
su ki n ke a wa me n do ku sa i nyuu eki o nu ru na nte

肌膚保養超麻煩！擦乳液什麼的。

延伸單字　除了乳液，還有哪些常見的保養品呢？

洗顔料 sen gan ryoo	化粧水 ke shoo sui	美容液 bi yoo eki	マスク ma su ku
洗面乳	化妝水	精華液	面膜

4 ニキビ

これ は ニキビ に 効<ruby>効<rt>き</rt></ruby>く かしら？
ko re wa ni ki bi ni ki ku ka shi ra

這個對痘痘有效嗎？

延伸單字 除了痘痘，還有哪些需要改善的肌膚問題呢？

しみ shi mi 斑點	弛み taru mi 鬆弛	しわ shi wa 皺紋	毛穴 ke ana 毛孔粗大

句型解說

___句子___ 嗎？ ＝ ___句子___ ＋ かしら？

女性自問自答時，會在自己問自己的句子後面，加 かしら。而男性自問自答時，則用「句子＋かな？」。

前面自問的內容，可以是動詞的任何形態，也可以是形容詞、名詞等。句型練習如下：

◆ 動詞原形 ［買<ruby>買<rt>か</rt></ruby>う］ → 買<ruby>買<rt>か</rt></ruby>う かしら？ ＝要買嗎

◆ 動詞完成形 ［帰<ruby>帰<rt>かえ</rt></ruby>る］ → 帰<ruby>帰<rt>かえ</rt></ruby>った かしら？ ＝回家了嗎

◆ 動詞狀態形 ［使<ruby>使<rt>つか</rt></ruby>う］ → 使<ruby>使<rt>つか</rt></ruby>ってる かしら？ ＝正在用嗎

◆ い形容詞 ［いい］ → いい かしら？ ＝好嗎

◆ な形容詞 ［元<ruby>元<rt>げんき</rt></ruby>気］ → 元<ruby>元<rt>げんき</rt></ruby>気 かしら？ ＝身體好嗎

◆ 名詞 ［本<ruby>本<rt>ほんもの</rt></ruby>物］ → 本<ruby>本<rt>ほんもの</rt></ruby>物 かしら？ ＝真貨嗎／本人嗎

5 化粧する

私 は あんまり 化粧 しない。口紅 だけ で 出かける。
watashi wa an ma ri ke shoo shi na i kuchi beni da ke de de ka ke ru

我不太化妝。只擦個口紅就出門。

延伸單字　除了口紅，還有哪些常見的化妝品呢？

ファンデーション	化粧下地	マスカラ	アイシャドー
fa n de e sho n	ke shoo shita ji	ma su ka ra	a i sha do o
粉底	隔離霜	睫毛膏	眼影

6 イケメン

イケメン は タイプ じゃない。
i ke me n wa ta i pu ja na i

帥哥不是我的菜。

やっぱり イケメン が 好き。
ya ppa ri i ke me n ga su ki

（意料中）果然喜歡帥哥。

延伸單字　說到帥哥，還有哪些類似的單字呢？

マドンナ	美人	マッチョ	人気者
ma do n na	bi jin	ma ccho	nin ki mono
女神	美女	肌肉男	受歡迎的人

7 コーデ

春らしい コーデ を したい。
haru ra shi i　　ko o de o　shi ta i

想穿搭出春天的氣息。

ブレザー に ジーンズ は 格好いい コーデ だ。
bu re za a ni ji i n zu wa ka kko i i　ko o de da

西裝外套加牛仔褲，真是帥氣的穿搭。

延伸單字	說到衣服穿搭，還有哪些常見的款式呢？		
ブラウス ba ru u su	**T シャツ** tii sha ttsu	**フレンチコート** fu re n chi ko o to	**ワイドパンツ** wa i do pa n tsu
女用襯衫	T恤	風衣	喇叭褲

---

8 素敵

素敵な マフラー！ あなた に 似合う！
su teki na　ma fu ra a　　a na ta ni　ni a u

很棒的圍巾！很適合你。

この ネックレス は 素敵！ 買って 頂戴！
ko no　ne kku re su　wa　su teki　　ka tte choo dai

這個項鍊好美！買給我！

自炊・自己下廚
じ すい
ji sui

美味しい お い o i shi i 好吃	スーパーに行く い su u pa a ni i ku 去超市	豚肉 ぶたにく buta niku 豬肉
とんかつ to n ga tsu 炸豬排		味付け あじつ aji tsu ke 調味
粉をまぶす こな kona o ma bu su 裹粉	揚げる あ a ge ru 油炸	鍋 なべ nabe 鍋子

1 スーパーに行く

一緒に スーパー に 買い物 行こう！
いっしょ　　　　　　　　か もの　い
i ssho ni su u pa a ni ka i mono i ko o

一起去超市買東西吧！

> **動詞變化**
>
> 意向形（一起……吧！）
>
> 建議／邀請對方「一起……吧」，動詞要從原形的「行く」，變成意向形的「行こう」。意向形變化規則詳見 p. 25。

② 豚肉

豚肉　と　玉子　を　買いたい。
buta niku　to　tama go　o　ka i ta i

我想買豬肉跟蛋。

延伸單字　除了豬肉，還有哪些食材？

海老	玉子	人参	にんにく
e bi	tama go	nin jin	ni n ni ku
蝦子	蛋	紅蘿蔔	蒜頭

③ 味付け

出来た！食べて　みて。味付け　は　どう？
de ki ta　ta be te mi te　aji tsu ke wa　do o

完成了！嚐嚐看。調味怎麼樣？

延伸單字　對於調味，你可能有哪些感想呢？

しょっぱい	甘い	辛い	すっぱい
sho ppa i	ama i	kara i	su ppa i
鹹	甜	辣	酸

註：「鹹」的另一個說法是「塩辛い」，不要看到有「辛」在裡面，就以為是辣喔！

4 鍋

鍋 に 油 を 入れて 下さい。
nabe ni abura o i re te kudasa i

請把油倒入鍋裡。

フライパン	ふた	包丁	ラップ
fu ra i pa n	fu ta	hoo choo	ra ppu
平底鍋	鍋蓋	菜刀	保鮮膜

5 揚げる

揚げる 料理 が 大好き。
a ge ru ryoo ri ga dai su ki

我最喜歡油炸料理。

焼く	炒める	茹でる	煮込む
ya ku	ita me ru	yu de ru	ni ko mu
燒烤	熱炒	川燙	燉煮

6 粉をまぶす

粉 を まぶす だけで 精一杯。
kona o ma bu su da ke de sei i ppai

光是裹粉就用盡精力了。

延伸單字 除了裹粉，還有哪些準備工作？

洗う ara u	皮を剥く kawa o mu ku	すりおろし su ri o ro shi	千切り sen gi ri
洗	削／剝皮	磨泥	切絲

句型解說

光是 <u>動詞／名詞</u> 就用盡精力

＝ <u>動詞形／名詞</u> だけで 精一杯

「だけ」是常見的助詞，意思是「僅僅／光是」。「精 + 一 杯」意思是「精力 + 滿滿」，也就是「用盡精力」的意思。所以，日本人常說：我會「精一杯」努力！

「だけ」前面加的內容，可以是動詞的任何形態，也可以是名詞。句型練習如下：

◆ **動詞** ［食っていく］ → 食っていく だけで 精一杯

= 光是溫飽就耗盡精力。

◆ **名詞** ［現狀維持］ → 現狀維持 だけで 精一杯

= 光是維持現狀就耗盡精力。

7 とんかつ

私 は とんかつ に 目がない。
watashi wa ton ka tsu ni me ga na i

我對炸豬排沒有抵抗力。

とんかつ だけで 満足。
ton ka tsu da ke de man zoku

只要有炸豬排就滿足。

補充説明

句型
〜に目がない　　對〜沒有抵抗力

8 美味しい

美味しい と 思う。
o i shi i to omo u

我覺得很好吃。

延伸單字　除了好吃，還有哪些感想呢？

まずい	微妙	あっさり	油っぽい
ma zu i	bi myoo	a ssa ri	abula po i
難吃	奇特	清爽	油膩

芸術文化鑑賞 ・藝文活動
げい じゅつ ぶん か かん しょう
gei jutsu bun ka kan shoo

茶道
さ どう
sa too

茶道

休日
きゅうじつ
kyuu jitsu

假日

暇をつぶす
ひま
hima o tsu bu su

殺時間

浮世絵
うきよえ
uki yo e

浮世繪

コンサート
kon sa a to

音樂會

歌舞伎を観る
かぶきみ
ka bu ki o mi ru

觀賞歌舞伎

講演
こうえん
koo en

演講

美術館
びじゅつかん
bi jutsu kan

美術館

---

1 休日

休日 に 何 する？人 それぞれ だ。
きゅうじつ　なに　　　　ひと
kyuu jitsu ni nani su ru hito so re zo re da

假日要做什麼？因人而異。

延伸單字　　與假日類似的單字還有哪些呢？

土日	週末	オフの日	休み
ど にち	しゅうまつ	お ひ	やす
do nichi	shuu matsu	o fu no hi	yasu mi
星期六日	週末	不工作的日子	休假日

2 暇をつぶす

A：暇 の つぶし 方 を 教えて！
　　hima no tsu bu shi kata o oshi e te

告訴我你殺時間的方法！

B：連ドラ を 見て 暇をつぶす。
　　ren do ra o mi te hima o tsu bu su

我看連續劇殺時間。

補充說明

動詞		名詞	
教えて（ください）	告訴我	連ドラ	連續劇

3 コンサート

あの コンサート の チケット は なかなか 手 に 入らない。
a no kon sa a to no chi ke tto wa na ka na ka te ni hai ra na i

那場音樂會門票很難弄到手。

さすが 嵐 の 追っかけ！コンサート情報 は いち早く ゲット！
sa su ga arashi no o kka ke kon sa a to joo hoo wa i chi haya ku ge tto

不愧是嵐的追星族！演唱會資訊最快時間獲得。

註：歌手、樂團的演唱會，也用コンサート。

補充說明

助詞		名詞	
さすが	不愧是	追っかけ	追星族

4 美術館

A：美術館 は 大好物 だ！
bi jutsu kan　wa　dai koo butsu da

美術館是我的最愛！

B：わかった ふり じゃん！
wa ka　tta　fu ri　ja n

不就是裝懂而已嗎！

句型解說

不是 __名詞／動詞／形容詞__ 嗎！
＝ __名詞／動詞／形容詞__ じゃん！

「～じゃん」是「～じゃないか」的簡寫，意思是「～不是嗎！」＝「就是～嘛！」，看似否定實為肯定的句型。整句意思是「不是～嗎！」，跟「～是吧！」的句子有異曲同工之妙。「～是吧！」＝「～でしょ！」。

「じゃん」前面加的內容，可以是名詞、形容詞，也可以是動詞的任何形態，也。句型練習如下：

◆ 名詞　　[セクハラ]　　→　　セクハラ　　じゃん！　＝ 不是性騷擾嗎！

◆ 形容詞　[ちょうどいい]　→　ちょうどいい　じゃん！　＝ 不是剛剛好嗎！

◆ 動詞　　[勝った]　　→　　勝った　　じゃん！　＝ 不是贏了嗎！
　　　　　　か　　　　　　　　　か

5 講演

素晴(すば)らしい 講演(こうえん) だ！　いい 勉強(べんきょう) に なった。
su ba ra shi i　koo en da　　i　i　ben kyoo ni na tta

很棒的演講！　學到很多。

これ は 育児(いくじ) に 関(かん)する 講演(こうえん) だ。
ko re wa iku ji ni kan su ru koo en da

這是關於育兒的演講。

延伸單字　還有關於哪些主題的演講呢？

| 起業(きぎょう)
ki gyoo
創業 | 健康(けんこう)
ken koo
健康 | 暮(く)らし
ku ra shi
生活 | 海外移住(かいがいいじゅう)
kai gai i juu
移民 |

6 歌舞伎を観る

歌舞伎(かぶき) を 観(み)ている うち に 寝(ね)ちゃった。
ka bu ki o mi te i ru u chi ni ne cha tta

觀賞歌舞伎時不小心睡著了。

延伸單字　還有哪些現場觀賞的戲劇類型呢？

| 能(のう)
noo
能劇 | 狂言(きょうげん)
kyoo gen
狂言 | オペラ
o pe ra
歌劇 | バレエ
ba re e
芭蕾舞劇 |

註：歌舞伎、能劇、狂言同為日本古典戲劇，歌舞伎是江戶時期興起的庶民藝術；能劇多為王公貴族觀賞，主要表演者配戴面具；狂言則是雅俗共賞的誇張喜劇。

動詞變化

〜ちゃった（不小心〜）

要表現「不小心做了〜」、「糟糕！做了〜」的語意時，可以從動詞變化來著手。「〜てしまった」＝「〜ちゃった」＝「不小心做了〜」。動詞要從原形的「寝る」，變成て形的「寝てしまった」，再變成口語化的「寝ちゃった」。て形變化規則詳見 p. 26。

7 浮世絵

色鮮やかな 浮世絵 に 惚れた。
iro aza ya ka na uki yo e ni ho re ta

愛上色彩鮮艷的浮世繪。

この 浮世絵 展 は 今日 まで だ。
ko no uki yo e ten wa kyo o ma de da

這個浮世繪展到今天為止。

延伸單字　還有哪些繪畫、藝術類型呢？

水墨画	油絵	イラスト	インスタレーション
sui boku ga	abura e	i ra su to	i n su ta re e sho n
水墨畫	油畫	插畫	裝置藝術

8 茶道

初心者向け の 茶道 教室 へ ようこそ。
Sho shin sha mu ke no sa doo kyoo shitsu he yo o ko so

歡迎來到針對初學者開設的茶道教室。

補充說明

助詞	～向け	針對～
句型	～へ ようこそ	歡迎來到～

延伸單字　還有哪些教授日本傳統文化的教室呢？

着付け	生け花	書道	俳句
ki tsu ke	i ke bana	sho doo	hai ku
穿和服	插花	書法	俳句

III

目標夢想
實踐篇

飾り付け
かざ つ
kaza ri tsu ke
裝飾

手配する
て はい
te hai su ru
安排

仕掛け人
しか にん
shi ka ke nin
策畫人

おもてなし
o mo te na shi
貼心款待

誘う
さそ
saso u
邀請

盛り上がる
も あ
mo ri a ga ru
炒熱氣氛

ゲームをする
ge e muo su ru
玩遊戲

食べ物を用意する
た もの よう い
ta be mono o yoo i su ru
準備餐點

1 手配する

任せて！ 全て 手配 する。
まか すべ てはい
maka se te sube te te hai su ru

包在我身上！我全會安排。

延伸單字　說到安排，有哪些事項需要安排的呢？

流れ	席	宿泊	交通手段
なが	せき	しゅくはく	こうつうしゅだん
naga re	seki	shuku haku	koo tsuu shu dan
流程	座位	住宿	交通

2 仕掛け人

ドッキリ の 仕掛け人 として 失格 だ。
do kki ri no shi ka ke nin to shi te shi kkaku da

身為整人遊戲的策畫人是失格的。

句型解說

身為 ___名詞（身分）___ ＝ ___名詞（身分）___ として

這是表現「身為（某個身分）～」的句型。句子中，として前面接身分、定位、頭銜。句型練習如下：

◆ [人間] → 人間 として、最低 だ。

           ＝ 身為人，（那樣做）糟透了。

◆ [親] → 親 として、当たり前 だ。

           ＝ 身為父母，（那樣做）理所當然。

◆ [先進国] → 先進国 として、それは 責任 だ。

           ＝ 身為先進國家，那是責任。

3 誘う

A：誘って くれて ありがとう。
    saso tte ku re te a ri ga to o

謝謝你邀請我。

B：誘って よかった。
    saso tte yo ka tta

還好有邀請（你）。

動詞變化

て形

這裡兩個句型「謝謝你為我做～」、「還好有做～」，都是把動詞變成て形後，再接「くれて（為我）ありがとう（謝謝）」以及「よかった（太好了）」。て形變化規則詳見 p. 26。

4 食べ物を用意する

食べ やすい 食べ物 を 用意した 方 が いい。
ta be ya su i ta be mono o yoo i shi ta hoo ga i i

最好準備容易吃的餐點。

延伸單字　派對裡常見哪些餐點呢？

一口デザート	ミニバーガー	カクテル	発泡水
ひとくち			はっぽう すい
hito kuchi de za a to	mi ni ba a ga a	ka ku te ru	ha ppoo sui
一口甜點	小漢堡	調酒	氣泡水

5 ゲームをする

ゲーム をして 気まずい 空気 を 和らげる。
ge e mu o shi te ki ma zu i kuu ki o yawa ra ge ru

玩遊戲緩和尷尬的氣氛。

延伸單字　聚會時，常常會玩哪些遊戲來拉近距離呢？

人生ゲーム	しりとり	王様ゲーム	椅子取りゲーム
じんせい		おうさま	いすと
jin sei ge e mu	shi ri to ri	oo sama ge e mu	i su to ri ge e mu
大富翁	文字接龍	真心話大冒險	大風吹

6 盛り上がる

盛り上がる ために ゲーム を する。
mo ri a ga ru ta me ni ge e mu o su ru

為了炒熱氣氛玩遊戲。

延伸單字　還有哪些炒熱氣氛的方法呢？

ギャグ	物真似	抽選	下ネタ
	ものまね	ちゅうせん	しも
gya ggu	mono ma ne	chuu sen	shimo ne ta
笑話梗	模仿	抽獎	黃色笑話

7　おもてなし

おもてなし の 心（こころ） で 接客（せっきゃく）する。
o mo te na shi no kokoro de se kkyaku su ru

以款待的心來待客。

美味（おい）しい 料理（りょうり） で お客（きゃく） を おもてなし しよう とする。
o i shi i ryoo ri de o kyaku o o mo te na shi shi yo o to su ru

設法用美味的料理來款待客人。

句型解說

設法去＿動詞＿ ＝ ＿動詞（意向形）よう＿ とする

這是表現「努力嘗試去～」、「設法去～」的句型。句子中，動詞變成意向形後，接とする。意向形動詞變化詳見 p.25。句型練習如下：

- ◆ [書（か）く]　　→　書（か）こう　　とする　＝設法去寫
- ◆ [答（こた）える]　　→　答（こた）えよう　　とする　＝設法去回答
- ◆ [理解（りかい）する]　→　理解（りかい）しよう　とする　＝設法去理解

8　飾り付け

ホームパーティー の 飾（かざ）り付（つ）け に やられた。
hoo mu paa tii no kaza ri tsu ke ni ya ra re ta

被家庭派對的裝飾給整慘了。

補充說明

動詞　やられた（やる的被動完成式）

被打敗了／被整慘了

延伸單字　哪些時節場合也需要裝飾呢？

クリスマス	ハロウィン	お正月（しょうがつ）	ひな祭（まつ）り
ku ri su ma su	ha ro wi n	o shoo gatsu	hi na matsu ri
聖誕節	萬聖節	新年	女兒節

部活をやろう・辦社團
ぶ かつ
bu katsu o ya ro o

お世話 せわ o se wa 照顧	勧誘ポスター かんゆう kan yuu pos u ta a 招募海報	部活 ぶかつ bu katsu 社團
成果発表会 せいか はっぴょうかい sei ka ha ppyoo kai 成果發表會		部員募集 ぶいんぼしゅう bu in bo shuu 招生
打ち上げ う あ u chi a ge 慶功宴	人をまとめる ひと hito o ma to me ru 統合眾人	合宿 がっしゅく ga shuku 集訓

1 勧誘ポスター

この 勧誘ポスター は 効果 が ある。
かんゆう   こうか
ko no kan yuu po su ta a wa koo ka ga a ru

這款招募海報有效。

延伸單字　招募有些常見的宣傳手法呢？

チラシ chi ra shi 傳單	口コミ くち kuchi ko mi 口碑傳播	SNS esu enu esu 社群網路	掲示板投稿 けい じ ばんとうこう kei ji ban too koo 網路留言

2 部活

A：部活 は もう 決まった か？
bu katsu　wa　mo o　ki ma　tta　ka

已經決定要參加哪個社團了嗎？

B：はい、合唱部 に 入ろう かな と 思う。
ha i　　ga choo bu　ni hai ro o　ka na　to　omo u

對，我想要參加合唱社。

延伸單字　有哪些常見的社團呢？

帰宅部 ki taku bu	バスケ部 ba su ke bu	ダンス部 da n su bu	演劇部 en geki bu
回家社	籃球社	熱舞社	話劇社

註：「回家社」就是什麼社團都不參加的人，宣稱自己所參加的社團。

句型解說

我想要＿＿動詞＿＿ ＝ ＿＿動詞（意向形）かな＿＿ と 思う

這是表現「我在想要不要～」、「我想要～」的句型。句子中，動詞變成意向形後，接「我想」的日文「と思う」。意向形動詞變化詳見 p. 25。句型練習如下：

◆［話す］ → 話そう　　かな　と 思う　＝我想要說

◆［消える］ → 消えよう　かな　と 思う　＝我想要消失

◆［来る］ → 来よう　　かな　と 思う　＝我想要來

3　部員募集

A：部員募集 に お疲れ様！
　　bu in bo shuu ni o tauka re sama

　招生辛苦了！

B：部員募集 の ため なら いい けど。
　　bu in bo shuu no ta me na ra i i ke do

　如果是為了招生，那倒沒關係。

4　合宿

一泊二日 の 合宿 で 信頼関係 を 築く。
i ppaku futsu ka no ga sshuku de shin rai kan kei o kizu ku

透過兩天一夜的集訓建立互信。

新入生 なら 合宿 に 行った ほう が いい。
shin nyuu sei na ra ga sshuku ni i tta ho o ga i i

新生的話最好能參加集訓。

5 人をまとめる

人 を まとめる スキル を 身 に つけたい。
hito o ma to me ru su ki ru o mi ni tsu ke ta i

想培養統合眾人的技巧。

人 を まとめて 大会 を 目指そう！
hito o ma to me te tai kai o me za so o

統合眾人，以大賽為目標吧！

動詞變化

意向形（……吧！）
建議／邀請對方「……吧」，動詞要從原形的「目指す」（以……為目標），變成意向形的「目指そう」（以……為目標吧）。意向形變化規則詳見 p. 25。

6 打ち上げ

Ａ：打ち上げに来ないか？
u chi a ge ni ko na i ka

要不要來慶功宴？

Ｂ：行くけど、余興をしないよ。
i ku ke do yo kyoo o shi na i yo

我會去，但不做餘興表演喔。

註：「打ち上げ」有另一個常見的意思，就是「施放」，常與煙火、火箭連用。

7 成果発表会

A：成果 発表会 に 参加する 気 が ない。
　　sei ka　ha ppyoo kai　ni　san ka su ru　ki　ga na i

（我）沒打算要參加成果發表會。

B：どうして？あんなに 練習した のに。
　　do o shi te　an na ni　ren shuu shi ta　no ni

為什麼？那麼認真練習竟然不參加。

補充說明

名詞	
気	意願
助詞	
～のに	竟然～

延伸單字　成果發表會有哪些常見的形式呢？

公演	展覧会	大会	セミナー
koo en	ten ran kai	tai kai	se mi na a
公演	展覽	大賽	座談會

8 お世話

A：部活 ともども お世話 に なりました。
　　bu katsu　to mo do mo　　o se wa　ni na ri ma shi ta

社團等事承蒙照顧了。

B：後輩 の お世話 なんて とんでもありません。
　　koo hai　no　o se wa　na n te　to n de mo a ri ma se n

説我照顧學弟妹，真是不敢當。

ほっといて！大きな お世話 だ。
ho tto i te　oo ki na　o se wa　da

別管我！真是多管閒事。（反諷語）

註：照顧過了頭，就變成多管閒事。所以當「世話」前面用「大きな（好大的）」或「余計な
　　（多餘的）」來形容，就變成「多管閒事」的意思。

こじんりょこう ちょうせん
個人旅行に挑戦しよう！・挑戦自助旅行！
ko jin ryo koo ni choo sen shi yo o

りょうがえ 両替する ryoo gae su ru 換外幣	よやく ホテルを予約する ho te ru o o yo yaku su ru 預約飯店	ゆきさき き 行先を決める yuki saki o ki me ru 決定去哪裡
スーツケース su u tsu ke e su 行李箱		こうくうけん か 航空券を買う koo kuu ken o ka u 買機票
にもつ 荷物をまとめる ni motsu o ma to me ru 打包行李	たび よ 旅ブログを読む tabi bu ro gu o yo mu 看旅遊部落格	と あ 問い合わせ to i a wa se 詢問

---

1 ホテルを予約する

みずうみ み よやく
湖 が 見える ホテル を 予約 した。
mizuumi ga mi e ru ho te ru o o yo yaku shi ta

我訂了能看到湖的飯店。

延伸單字 　訂房時，除了飯店，還有哪些選擇呢？

ゲストハウス ge su to ha u su 民宿	ホステル ho su te ru 青年旅館	りょかん 旅館 ryo kan 日式旅館	コテージ ko te e ji 小木屋

2 行先を決める

A：行先 を もう 決めた か？ やっぱり 東南アジア？
yuki saki o mo o ki me ta ka ya ppa ri too nan a ji a

你已經決定去哪裡了嗎？果然還是東南亞嗎？

B：まだ 決めて ない。
ma da ki me te na i

還沒決定。

補充說明

| 助詞 | もう | 已經 | まだ | 還沒 |

延伸單字　決定出國了，你知道五大洲該怎麼說嗎？

アジア	ヨーロッパ	アメリカ	アフリカ	オセアニア
a ji a	yo o ro ppa	a me ri ka	a fu ri ka	o se a ni a
亞洲	歐洲	美洲	非洲	大洋洲

3 航空券を買う

A：深夜便 の 航空券 を 買っちゃった。
shin ya bin no koo kuu ken o ka ccha tta

我不小心買到紅眼班機的機票。

B：勘弁して！
kan ben shi te

饒了我吧！

延伸單字　買機票時，還可能指定哪些特殊的班機呢？

直行便	乗継便	チャーター便	格安便
cho kkoo bin	nori tsugi bin	cha a ta a bin	kaku yasu bin
直航班機	轉機班機	包機班機	廉價班機

註：近幾年很夯的廉價航空，日文也沿用英文，稱為 LCC（eru shii shii）。

4 問い合わせ

アプリ で 気軽 に 問い合わせ できる。
a pu ri de ki garu ni to i a wa se de ki ru

能用手機應用程式（APP）輕鬆詢問。

延伸單字　規劃旅行時，會詢問哪些問題呢？

アクセス方法 ほうほう a ku se su hoo hoo	送迎 そうげい soo gei	時刻表 じ こくひょう ji koku hyoo	もの預かり あず mo no azu ka ri
交通方式	接送	時刻表	寄物

5　旅ブログを読む

旅ブログ を 読んだ から、旅 に 出た。
たび　　　　　　よ　　　　　　　　たび　　で
tabi bu ro gu o yon da ka ra tabi ni de ta

因為看了旅遊部落格而啟程出遊。

旅ブログ を 読む こと は 習慣 に なった。
たび　　　　　　よ　　　　　　　　しゅうかん
tabi bu ro gu o yo mu ko to wa shuu kan ni na tta

看旅遊部落格成了（我的）習慣。

延伸單字　除了看部落格，還會透過哪些管道收集資料呢？

ネット評価 ひょう か ne tto hyoo ka	ユーチューバー yu u chu u ba a	キャス主 ぬし kya su nushi	旅行雑誌 りょ こう ざっ し ryo koo za sshi
網路評價	YouTube 網紅	直播主	旅遊雜誌

6　荷物をまとめる

明日 早い から、早く 荷物 を まとめ なさい！
あした はや　　　　　はや　　にもつ
a shita haya i ka ra haya ku ni motsu o ma to me na sa i

明天要早起，所以請快點打包行李。

延伸單字　打包時，不要忘了帶哪些東西呢？

パスポート pa su po o to	現金 げんきん gen kin	三日分の服 みっかぶん ふく mi kka bun no fuku	携帯 けいたい kei tai	充電器 じゅうでん き juu den ki	トラベルセット to ra be ru se tto
護照	現金	三天的衣服	手機	充電器	旅行盥洗組

スーツケース

A：この スーツケース は 機内 持ち込み できる か？
ko no suu tsu ke e su wa ki nai mo chi ko mi de ki ru ka

這個行李箱可以帶上飛機嗎？

B：航空会社 の 規定 に よる けど。
koo kuu kai sha no ki tei ni yo ru ke do

要看航空公司的規定。

補充說明

動名詞	
持ち込み	攜帶

動詞	
よる	依據

延伸單字　除了行李箱，還有哪些行李可以帶上飛機呢？

キャリーバッグ	リュック	パソコンバッグ	ベビーカー
kya ri i ba ggu	ryu kku	pa so ko n ba ggu	be bi i ka a
手提袋	後背包	電腦袋	嬰兒車

8　両替する

A：両替して おいて ください。
ryoo gae shi te o i te ku da sa i

請事先換好外幣。

B：現金 は どのくらい 持っておく か？
gen kin wa do no ku ra i mo tte o ku ka

要帶好多少現金呢？

句型解說

事先做好＿＿動詞＿＿ ＝ ＿＿動詞＿＿ て おく

這是表現「事先做好某件事」、「提前準備好～」的句型。句子中，動詞變成て形後，接「おく」。另外，「ておく」念快一點會變成「とく」的音，所以這個句型口語化後就變成「動詞＋とく」了。て形動詞變化詳見 p. 26。句型練習如下：

◆ [書く] → 書い て おく ＝ 書い とく ＝事先寫好

◆ [片付ける] → 片付け て おく ＝ 片付け とく ＝事先整理好

◆ [用意する] → 用意し て おく ＝ 用意し とく ＝事先準備好

初めてのプレゼン . 第一次上台簡報
haji me te no pu re ze n

調子に乗る
choo shi ni no ru
得意忘形

プレゼン
pu re ze n
簡報

資料を作る
shi ryoo o tsuku ru
製作資料

アドリブ
a do ri bu
即興演出

グラフ
gu ra fu
圖表

カンペ
ka n pe
小抄

緊張する
kin choo su ru
緊張

リハーサル
ri ha a sa ru
預演

1 プレゼン

プレゼン は、練習 すれば する ほど 上手く なる。
pu re ze n wa ren shuu su re bas u ru ho do u ma ku na ru
簡報會越練習越熟練。

延伸單字　簡報時，需要哪些設備或工具呢？

プロジェクター	スライド	レーザーポインター	パソコン
pu ro je ku ta a	su ra i do	re e za a po in ta a	pa so ko n
投影機	投影片	投影筆	電腦

越 動名詞 越…… ＝ 動名詞 すれば するほど……

這個「越～越～」的句型，用於表現「頻繁進行某動作後產生某結果」的句型。
句子中，「動名詞＋すれば するほど」意思是「越是進行該動作」，後面再
接「所產生的結果」。句型練習如下：

◆ ［勉強／頭が痛くなる］ → 勉強 すればするほど 頭が痛くなる

　　　　　　　　　　　　　　＝ 越念書 越頭痛

◆ ［ゲーム／夢中になる］ → ゲーム すればするほど 夢中になる

　　　　　　　　　　　　　　＝ 越玩遊戲 越沉迷

◆ ［筋トレ／大きくなる］ → 筋トレ すればするほど 大きくなる

　　　　　　　　　　　　　　＝ 越練肌肉 越壯碩

2 資料を作る

A: 一生懸命 資料を作った が、相手 を 説得 できなかった。
　 i sshoo ken mei shi ryoo o tsuku tta ga ai te o se ttoku de ki na ka tta

　 努力製作了資料，但還是無法説服對方。

B: まず、分かりやすい 資料を作り なさい。
　 ma zu wa ka ri ya su i shi ryoo o tsuku ri na sa i

　 首先，請製作容易理解的資料。

延伸單字　説到資料，有哪幾種常見的呢？

データ	統計	文献	アンケート
de e ta	too kei	bun ken	a n ke e to
數據	統計	文獻	問卷調查

3 グラフ

A：グラフ を 読み取る 力 が ない。
gu ra fu o yo mi to ru chikara ga na i

（我）沒有解讀圖表的能力。

B：と言うことは、グラフ に 騙され やすい。
to i u ko to wa gu ra fu ni dama sa re ya su i

也就是説，容易被圖表欺騙。

延伸單字 　說到圖表，有哪幾種常見的呢？

円グラフ	折れ線グラフ	棒グラフ	レーダーチャート
en gu ra fu	o re sen gu ra fu	boo gu ra fu	re e da a cha a to
圓餅圖	折線圖	柱狀圖	雷達圖

---

4 リハーサル

リハーリル の 時、ビデオ 撮って 確認した。
ri ha a sa ru no toki bi de o to tte kaku nin shi ta

預演時，錄影下來做確認。

延伸單字 　預演時，要確認哪些細節是否做到位呢？

時間配分	質問想定	区切り	笑顔
ji kan hai bun	shitsu mon soo tei	ku gi ri	e gao
時間分配	設想提問	分段	笑容

5 **緊張する**

A：私 は 人前 に 立つ と 緊張する。
watashi wa hito mae ni ta tsu to kin choo su ru

我站在人前就會緊張。

B：緊張する の は 当たり前 だ。
kin choo su ru no wa a ta ri mae da

會緊張是當然的。

延伸單字　上台除了緊張，還可能出現哪些症狀呢？

不安	冷や汗をかく	噛む	あがり症
ふあん	ひ　あせ	か	しょう
fu an	hi ya ase o ka ku	ka mu	a ga ri shoo
不安	冒冷汗	吃螺絲	怯場

6 **カンペ**

頭 が 真っ白 に なるとき、カンペ を 見れば　いい。
atama ga ma sshiro ni na ru to ki kan pe o mi re ba i i

腦筋一片空白時，可以看小抄。

動詞變化

條件形

表現「假設／如果」的語氣時，賦予句子一個條件，動詞要從原形的「見る」
（看），變成條件形的「見れば」（如果看）。條件形變化規則詳見 p. 24。

7 アドリブ

A：その場に合わせて アドリブ で 話してね。
so no ba ni a wa se te a do ri bu de hana shi te ne

請配合現場情況即興演説吧。

B：アドリブ で 話せる 場合 じゃない。
a do ri bu de hana se ru ba ai ja na i

那不是能即興演説的場合。

補充説明

名詞
ばあい
場合　　情況／場合

8 調子に乗る

A：競合 プレゼン に 勝っても、調子 に 乗る な。
kyoo goo pu re ze n ni ka tte mo choo shi ni no ru na

即使贏了比稿，也別得意忘形。

B：調子 に 乗る わけ ない じゃない。
choo shi ni no ru wa ke na i ja na i

（我）才沒有得意忘形哩。

補充説明

名詞		慣用詞	
きょうごう 競合 プレゼン	比稿	わけない	沒這回事

ダイエットに成功・減重成功！
da i e tto ni sei koo

せい こう

やく た 役に立つ yaku ni ta tsu 有用	だいこんあし 大根足 dai kon ashi 蘿蔔腿	ぽっちゃり po ccha ri 肉肉的
や 痩せる ya se ru 變瘦		たいじゅう はか 体重を測る tai juu o haka ru 量體重
つづ 続ける tsudu ke ru 持續	む り 無理する mu ri su ru 強迫	しょくじせいげん 食事制限 shoku ji sei gen 飲食控制

1 大根足

だいこんあし　　　ほか　　　　　　　　　ぜいにく　お
大根足 の 他、たくさんの 贅肉 も 落としたい。
dai kon ashi no hoka ta ku sa n no zei niku mo o to shi ta i

除了蘿蔔腿，還想消除很多地方的贅肉。

延伸單字　　說到贅肉，常見哪些形容局部肥胖的字眼呢？

た じり 垂れ尻 ta re jiri 大屁股	たい こ ばら 太鼓腹 tai ko bara 啤酒肚	に じゅう 二重あご ni juu a go 雙下巴	ふりそで 振袖 furi sode 掰掰袖

2 ぽっちゃり

ぽっちゃり 女 が 可愛い と 思う。
po ccha ri onna ga ka wai i to omo u

（我）覺得肉肉的女生很可愛。

延伸單字　還有哪些字眼可以表現肥胖呢？

デブ	太る	ふっくら	マシュマロ体型
de bu	futo ru	fu kku ra	ma shu ma ro tai kei
胖子	變胖	膨脹	棉花糖體型

---

3 体重を測る

A：体重を測りなさい。
　tai juu o haka ri na sa i
　請量體重。

B：体重を 測る 勇気 は ない。
　tai juu o haka ru yuu ki wa na i
　（我）沒有量體重的勇氣。

---

4 食事制限

若い頃、食事制限 を したり やめたり していた。
waka i koro shoku ji sei gen o shi ta ri ya me ta ri shi te i ta

年輕時，一下控制飲食、一下又放棄。

延伸單字　有哪些飲食控制的方式呢？

間食をやめる	炭水化物抜き	断食	夕食抜き
kan shoku o ya me ru	tan sui ka butsu nu ki	dan jiki	yuu shoku nu ki
只吃正餐	不吃澱粉	禁食	不吃晚餐

一下＿＿動詞１ 一下＿＿動詞２
＝ ＿＿動詞１ たり ＿＿動詞２ たり する

這個「一下～ 一下～」的句型，用於表現「動作的反覆無常」，通常動詞１與動詞２是相反的兩個動作。句子中，動詞１要變成た形＋り，動詞２也要變成た形＋り，然後再＋する。た形變化規則詳見 p. 27。句型練習如下：

◆ [行く／来る] → 行ったり 来たり する
＝ 一下去 一下來

◆ [笑う／泣く] → 笑ったり 泣いたり する
＝ 一下笑 一下哭

◆ [雨が降る／止む] → 雨が降ったり 止んだり する
＝ 一下下雨 一下又停

5 無理する

A：無理して 一日 一万歩 を 達成！
mu ri shi te ichi nichi ichi man po o ta ssei
強迫自己達成一天一萬步！

B：私 には 無理 です。
watashi ni wa mu ri de su
對我來說是不可能的。

な形容詞	無理（な）	不可能的

6 続ける

A：根気よく 続ける ことは 大切 だ。
kon ki yo ku　tsudu ke ru　ko to wa　tai setsu da

有耐住地持續下去是很重要的。

補充說明

副詞
根気よく

こんき
根気よく　　有耐性地

B：続けたい けど、続けられない。
tsudu ke ta i　ke do　tsudu ke ra re na i

很想持續，卻無法持續。

7 痩せる

A：痩せる コツ を 教えて！
ya se ru　ko tsu　o　oshi e te

告訴我變瘦的訣竅！

B：食べ方 を 変えれば 痩せる。
ta be kata　o　ka e re ba　ya se ru

改變飲食方式，就能變瘦。

動詞變化

條件形

要表現 假設／如果 的語氣，或是賦予句子一個條件時，動詞要從原形的「変える」（改變），變成條件形的「変えれば」（如果改變）。條件形變化規則詳見 p. 24。

8 役に立つ

A：この ダイエット法 は 役 に 立たない。
ko no da i e　tto hoo wa　yaku ni　ta ta na i

這個減重法沒有用。

B：私 には 役 に 立つ けど。
watashi ni wa　yaku ni　ta tsu ke do

對我來說有用。

新車を買う・買新車
しん　しゃ　　か
shin sha o ka u

駐車場
ちゅうしゃじょう
chuu sha joo
停車場

運転免許
うんてん めんきょ
un ten men kyo
駕照

運転する
うんてん
un ten su ru
開車

ガソリンスタンド
ga so ri n su ta n do
加油站

乗せる
の
no se ru
載

保険に入る
ほ けん　はい
ho ken ni hai ru
買保險

サンルーフ
san ru u fu
天窗

コンパクトカー
ko n pa ku to ka a
小車

1 運転免許

A：レンタカー を 借りたい んですが。
　　　　　　　　　　か
　　re n ta ka a o ka ri ta i n de su ga
　　我想租車。

B：運転免許 を お持ち でしょう か。
　　うんてんめんきょ　　　　も
　　un ten men kyo o o mo chi de sho o ka
　　您有帶駕照嗎？

2 運転する

お酒 を 飲んだら、運転する な。
o sake o non da ra　un ten su ru na

喝酒不開車。

延伸單字　駕駛時，有哪些基本動作呢？

左折する	右折する	直行する	バックする	Uターンする	追い越す
sa setsu su ru	usetsu su ru	cho kkoo su ru	ba kku su ru	yuu ta a n su ru	o i ko su
左轉	右轉	直走	倒車	回轉	超車

---

3 乗せる

Ａ：この 車 は 自転車 を 乗せられる か？
　　ko no kuruma wa　ji ten sha o　no se ra re ru ka

　　這輛車可以載自行車嗎？

Ｂ：もちろん。大きい 荷物 も 載せられる。
　　mo chi ro n　oo ki i　ni motsu mo　no se ra re ru

　　當然。也可以載大型行李。

動詞變化

可能形

要表現「會……／可以……」的動作狀態，動詞要從 [原形] 的 [載＝乗せる]，
變成 [可能形] 的 [可以載＝乗せられる]。可能形變化規則詳見 p. 23。

4 コンパクトカー

高級車 が 欲しい が、貯金 では コンパクトカー しか 買えない。
koo kyuu sha ga ho shi i ga cho kin de wa kon pa ku to ka a shi ka ka e nai

（我）想買高級車，但存款只能買小車。

5 サンルーフ

A：サンルーフ 付き の 車 を 探している。
san ru u fu tsu ki no kuruma o saga shi te i ru

（我）正在找附天窗的車。

B：オープンカー を 買ったら？
o o pun ka a o ka tta ra

何不就買敞篷車呢？

6 保険に入る

A：新車なら、保険 に 入った ほうがいい。
shin sha na ra　ho ken　ni　hai tta　hoo ga i i

新車的話，最好買保險。

B：保険料の 相場は どのくらい なの？
Ho ken ryoo no　soo ba wa　do no ku ra i　na o

保險費的行情大概是多少？

延伸單字　有哪些常見的保險種類呢？

自動車保険	生命保険	医療保険	介護保険
ji doo sha ho ken	sei mei ho ken	i ryoo ho ken	kai go ho ken
汽車險	壽險	醫療險	長照險

7 ガソリンスタンド

A：ガソリンスタンド にて 満タン に して ください。
ga so ri n su ta n do　ni te　man ta n　ni　shi te　ku da sa i

請去加油站把油加滿。

B：最寄り の ガソリンスタンドは どこ です か？
mo yo ri　no　ga so ri n su ta n do wa　do ko　de su　ka

最近的加油站在哪呢？

延伸單字　加油時，要認識哪些單字呢？

レギュラー	ハイオク	軽油	セルフ
re gyu ra a	ha i o ku	kei yu	se ru fu
普通汽油	高級汽油	柴油	自助加油

8 駐車場

A：近くに 無料駐車場 は なさそう。
chika ku ni mu ryoo chuu sha joo wa na sa so o

看樣子附近好像沒有免費停車場。

B：あっても、きっと 満車 に 違いない。
a tte mo ki tto man sha ni chiga i na i

就算有，想必一定沒車位。

句型解說

看樣子好像 _____ ＝ _動詞ます形_ そう

＝ _動詞否定、去い加さ_ そう

＝ _な形容詞_ そう

＝ _い形容詞去い_ そう

這是表現「推測」的句型，依據自己所見下判斷，是有根據的推測，意思是「看樣子好像……」。若是「看樣子好像＋動詞」，動詞變成ます形後，接そう。若是「看樣子好像＋否定動詞」，否定動詞「～ない」變成「～なさ」後，接そう。若是「看樣子好像＋形容詞」，な形容詞的話，直接接そう；い形容詞的話，去い接そう。ます形動詞變化詳見 p. 22。句型練習如下：

◆ 動詞 ［遅れる］ → 遅れ そう ＝看樣子好像會遲到

◆ 動詞否定 ［聞こえない］ → 聞こえなさ そう ＝看樣子好像聽不到

◆ な形容詞 ［賑やか］ → 賑やか そう ＝看樣子好像很熱鬧

◆ い形容詞 ［美味しい］ → 美味し そう ＝看樣子好像很好吃

資格を取る・取得證照
し　かく　　と
shi kaku o to ru

上を目指す
うえ　めざ
ue o me za su

瞄準上位

一生懸命
いっしょうけんめい
i sshoo ken mei

拼命

検定試験
けんてい　し　けん
ken tei shi ken

檢定考

過去問
か　こ　もん
ka ko mon

考古題

資格
し　かく
shi kaku

證照

ノートを取る
　　　　　と
no o to o to ru

作筆記

塾に通う
じゅく　かよ
juku ni kayo u

上補習班

申し込む
もう　　こ
moo shi ko mu

報名

1　一生懸命

しょうがくきん　　　　　　　　いっしょうけんめい　べんきょう
奨学金 の ため、一生懸命 勉強 している。
shoo gaku kin no ta me i sshoo ken mei ben kyoo shi te i ru

為了獎學金，拼命念書。

延伸單字　要表現「拼命」，還有哪些單字呢？

いのち
命がけ
inochi ga ke

賭上性命

がむしゃら
ga mu sha ra

不顧一切

ひっし
必死
hi sshi

拚死拚活

しんけん
真剣
shinn ken

認真

2 検定試験

A：検定試験 に 落ちた！
けんてい し けん　　お
ken tei shi ken ni o chi ta

（我）檢定考沒過！

B：万年 不合格 だ。
まんねん ふ ごうかく
man nen fu goo kaku da

萬年不及格。

延伸單字　　日本有哪些常見的檢定呢？

英語検定 えい ご けんてい ei go ken tei	秘書検定 ひ しょけんてい hi sho ken tei	金融検定 きん ゆうけんてい kin yuu ho ken	簿記検定 ぼ き けんてい bo ki ho ken
英語檢定	秘書檢定	金融檢定	簿記檢定

3 資格

A：仕事 に 必要な 資格 を 持っている。
し ごと　　　ひつよう　　　し かく　　　も
shi goto ni hitsu yoo na shi kaku o mo tte i ru

（我）具備工作所需的證照。

B：それで、賃上げ になった か？
ちんあ
so re de chin a ge ni na tta ka

所以，加薪了嗎？

延伸單字　　有哪些常見的職業需要考證照呢？

教師 きょう し kyoo shi	保険士 ほ けん し ho ken shi	宅建士 たっけん し ta kken shi	介護福祉士 かい ご ふく し し kai go fuku shi shi
教師	保險師	不動產經理人	長照師

4 申し込む

A：どうやって 申し込む か？
do o ya tte moo shi ko mu ka

要怎麼報名？。

B：ネット で 申し込める らしい。
ne tto de moo shi ko me ru ra shi i

好像可以網路報名。

動詞變化

可能形

要表現「會……／可以……」的動作狀態，動詞要從 [原形] 的「報名＝申し込む」，變成 [可能形] 的「可以報名＝申し込める」。可能形變化規則詳見 p. 23。

5 塾に通う

A：息子 は 勉強 できない。
musuko wa ben kyoo de ki na i

（我）兒子不會念書。

B：塾 に 通えば 何とか なる。
juku ni kayo e ba nan to ka na ru

上補習班的話，總會有辦法。

動詞變化

條件形

要表現「假設／如果」的語氣，或是賦予句子一個條件時，動詞要從原形的「通う」（頻繁去），變成條件形的「通えば」（如果頻繁去）。條件形變化規則詳見 p. 24。

6 ノートを取る

A：授業中きれいな ノートを取っていた。
ju gyoo chuu ki re i na no o to o to tte i ta

（我）上課時作了整齊的筆記。

B：貸して ちょうだい。
ka shi te cho o da i

借我。

註：上課時作筆記，叫做「ノートを取る」；臨時想到重點而記筆記，叫做「メモを取る」。

7 過去問

補充說明

副詞	ひたすら	一昧地
名詞	無理	不可能

A：過去問 を 解いている。
ka ko mon o to i te i ru

（我）正在寫考古題。

B：過去問 を ひたすら 解く だけ では 無理 だ。
ka ko mon o hi ta su ra to ku da ke de wa mu ri da

只是一昧地寫考古題，也不可能（通過）。

8 上を目指す

A：上 を 目指して 頑張って きた。
ue o me za shi te gan ba tte ki ta

（我）瞄準上位一路努力到現在。

B：頑張れ！あと 少し。
gan ba re a to suko shi

加油！只差一點了。

動詞變化

てきた形（持續／演變過來形）

要表現動作「持續過來」或「演變過來」的狀態，動詞要從 [原形] 變成 [てきた形]，也就是從 [努力＝頑張る] 變成 [努力過來＝頑張ってきた]，動詞て形變化後，加きた。て形變化規則詳見 p.26。

單元
33

ちょ きん ひゃく まん　　たっ せい
貯金百万に達成！・存下 100 萬！
cho kin hyaku man ni ta ssei

きん けつ びょう
金欠病
kin ketsu byoo

缺錢病

う　　　　　 かね
浮いたお金
u i ta o kane

多餘的錢

はたら
働く
hatara ku

工作

あぶくぜに
泡銭
abuku zeni

橫財

かせ
稼ぐ
kase gu

賺錢（維生）

り まわ
利回り
ri mawa ri

配息

とう し
投資する
too shi su ru

投資

せつやく
節約する
setsu yaku su ru

節省

1 浮いたお金

A：コーヒー を やめて、5万円 の 貯金 が 増えた。
　　ko o hi i o ya me te　go man en no cho kin ga fu e ta
　　戒掉咖啡，存款多了五萬日圓。

B：浮いた お金 で 旅行 でも 行こうよ。
　　u i ta o kane de ryo koo de mo i ko o yo
　　拿多餘的錢去旅行吧。

175

働く

A：何 の ため に 働く の？
nan no ta me ni hatara ku no

為了什麼工作？

B：お金 の ため に 決まってる じゃん。
o kane no ta me ni ki ma tte ru ja n

當然是為了錢。

當然是呀！＿＿＿＿＿＿＿
＝ ＿名詞／動詞／形容詞＿ に決まってるじゃん！

「～に決まっている」是「當然是～」「一定是～」的意思是。其後的「じゃん」是「じゃないか」的簡寫，意思是「～不是嗎！」＝「就是～呀！」，看似否定實為肯定的用法。整句意思是「當然是～呀！」。

空格處可以填入名詞、形容詞，也可以填入動詞的任何形態。句型練習如下：

◆ 名詞　　[偽情報]　→　偽情報　に決まってるじゃん！
にせじょうほう　　　　　　にせじょうほう　き

　　　　　　　　　　　＝　當然是假消息呀！

◆ 形容詞　[高い]　→　高い　　　に決まってるじゃん！
たか　　　　　たか　き

　　　　　　　　　　　＝　當然是很貴呀！

◆ 動詞　　[振られた]　→　振られた　に決まってるじゃん！
ふ　　　　　　　ふ　き

　　　　　　　　　　　＝　當然是被甩了呀！

3 稼ぐ

A：いくら 稼い でも 足りない。
i ku ra kase i de mo ta ri na i

不管怎麼賺錢都不夠用。

B：わかるわかる。
wa ka ru wa ka ru

我懂我懂。

句型解說

不管怎麼 動詞1 ，都不 動詞2 。
＝いくら 動詞1 ても、 動詞2 ない。

這是強調動作頻率的句型。 動詞1 要改成て形加も， 動詞2 要改成な
い形。て形變化規則詳見 p. 26；ない形變化規則詳見 p. 19（參照 p. 100 句
型解說）。

4 節約する

A：電気代 を 節約する ため、クーラー は つけない。
den ki dai o setsu yaku su ru ta me ku u ra a wa tsu ke na i

為了節省電費，不開冷氣。

B：参った！暑くて 倒れそう！
mai tta atsu ku te tao re so o

我投降！熱到快要暈倒了。

延伸單字　生活上，有哪些費用可以節省呢？

食費	通信費	交通費	教育費
shoku hi	tsuu shin hi	koo tsuu hi	kyoo iku hi
餐費	通訊費	交通費	教育費

5 投資する

A：外貨 に 投資したい。
がいか とうし
gai ka ni too shi shi ta i

（我）想投資外幣。

B：本気 なの？英語 と 数学 が 下手な のに。
ほんき えいご すうがく へた
hon ki na no ei go to suu gaku ga he ta na no ni

認真的嗎？英文與數學那麼差還……。

延伸單字　除了外幣，還有哪些常見的投資標的呢？

株 かぶ kabu shiki	債券 さいけん sai ken	不動産 ふどうさん fu doo san	投資信託 とうししんたく too shi shin taku
股票	債券	房地產	基金

---

6 利回り

A：高い 利回り を 求めて いる。
たか りまわ もと
taka i ri mawa ri o moto me te i ru

（我）追求高配息。

B：リーマンショック の 教訓 を 忘れた か？
きょうくん わす
ri i man sho kku no kyoo kun o wasu re ta ka

你忘了雷曼兄弟破產的教訓嗎？

延伸單字　投資時，還可能注重哪些面向呢？

リターン ri ta a n	リスク ri su ku	手数料 てすうりょう te suu ryoo	為替レート かわせ ka wase re e to
報酬率	風險	手續費	匯率

7 泡銭

A：夢 の ように 泡銭 を 手 に 入れた。
yume no yo o ni abuku zeni o te ni i re ta

像夢一樣發了橫財。

B：ラッキーだね。おごって！
ra kki i da ne o go tte

好幸運。請客！

延伸單字 有哪些不需努力就能大賺一筆的橫財呢？

宝くじ当選	株価暴騰	遺産相続	競馬で勝ち
takara ku ji too sen	kabu ka boo too	i san soo zoku	kei ba de ka chi
中樂透	股票暴漲	繼承遺產	贏了賽馬

8 金欠病

A：この頃 金欠病 に かかって いる。
ko no goro kin ketsu byoo ni ka ka tte i ru

最近染上缺錢病。

B：私 は ずっと 治らない。
watashi wa zu tto nao ra na i

我是一直沒治好。

延伸單字 還有哪些常見的病，其實不是病呢？

完璧病	五月病	お姫様病	恋の病
kan peki byoo	go gatsu byoo	o hime sama byoo	koi no yamai
完美病	環境適應不良症	公主病	相思病

註：日本的新學期或工作新任期都從四月開始，所以五月普遍出現的焦慮、身心無力等症狀，被稱為
「五月病」，即新環境適應不良症。

起業しよう！ ・創業吧！
（き ぎょう）
ki gyoo shi yo o

行列ができる
（ぎょうれつ）
gyoo retsu ga de ki ru
大排長龍

商売
（しょうばい）
shoo bai
生意

市場調査
（し じょうちょう さ）
shi joo choo sa
市場調査

コスパ
ko su pa
CP 值

店をやる
（みせ）
mise o ya ru
開店

マーケティング戦略
（せんりゃく）
ma a ke ti n gu sen ryaku
行銷策略

リスクを負う
（お）
ri su ku o o u
承擔風險

競合
（きょうごう）
kyoo goo
競爭

---

1 商売

A：商売が暇だ。
　（しょうばい）（ひま）
　shoo bai ga hima da
　生意真清淡。

B：そろそろほかの商売を考えないと。
　　　　　　　　（しょうばい）（かんが）
　So ro so ro ho ka no shoo bai o kanga e na i to
　是該考慮做做別的生意了。

2 市場調査

市場調査 によって 顧客像 を 把握する。
shi joo choo sa ni yo tte ko kyaku zoo o ha aku su ru

透過市調，掌握顧客的全貌。

市場調査 してから 立地 を 決める。
shi joo choo sa shi te ka ra ri cchi o ki me ru

先做市調，再決定地點。

補充說明
名詞
りっち
立地　　地點

延伸單字　市調結果可以用於哪些決策呢？

製品	価格	流通	プロモ
sei hin	ka kaku	ryuu tsuu	pu ro mo
商品	價格	通路	促銷

3 店をやる

A：フランチャイズ で 店 を やって みたい。
　　fu ran cha i zu de mise o ya tte mi ta i

（我）想以加盟的方式開店試試。

B：ロイヤルティ など を 考えない と。
　　ro i yaru ti na do o kangae na i to

權利金之類的不考慮不行。

補充說明
名詞
フランチャイズ　加盟
ロイヤルティ　　權利金

延伸單字　通常會選擇哪些地點開店呢？

自宅	繁華街	商店街	駅前
ji taku	han ka gai	shoo ten gai	eki mae
自家	鬧區	商店街	車站前

4 競合

競合（きょうごう）という より、むしろ 共存（きょうぞん）の ほう が 大（おお）きい。
kyoo goo to i u yo ri mu shi ro kyoo zon no ho o ga oo ki i

與其説競爭，不如説共存的情況更顯著。

句型解說

與其說＿＿＿＿＿＿ 不如說 ＿＿＿＿＿＿
＝＿＿＿＿＿ というより、むしろ ＿＿＿＿＿

這是表現「比較」的句型，用於「比較兩樣概念後，選擇自己偏好的那一樣來詮釋」。「という」中文意思是「所謂的」；「より」中文意思是「比起」；「むしろ」漢字寫成「寧ろ」，中文意思是「寧可」。空格處可以填入名詞／動詞／形容詞。句型練習如下：

◆ 名詞　[約束（やくそく）／束縛（そくばく）]

→　約束（やくそく）というより、むしろ束縛（そくばく）だ。

＝　與其說約定，不如說束縛。

◆ 動詞　[儲（もう）かる／食（く）っていける]

→　儲（もう）かるというより、むしろ食（く）っていけるんだ。

＝　與其說賺大錢，不如說可以維生。

◆ 形容詞　[大（おお）らか／図々（ずうずう）しい]

→　大（おお）らかというより、むしろ図々（ずうずう）しいんだ。

＝　與其說大方，不如說厚臉皮。

5 リスクを負う

A：起業する気なの？
ki gyoo su ru ki na no

打算創業嗎？

B：はい、リスクを負う心の準備ができている。
hai ri su ku o o u kokoro no jun bi ga de ki te i ru

對，做好承擔風險的心理準備。

動詞變化

ている形（正在持續形）

要表現動作的 持續狀態 「正在／持續……」，動詞要從 [原形] 的「做好＝できる」變成 [正在持續形] 的「正做好＝できている」。也就是動詞て形變化後，加いる。て形變化規則詳見 p. 26。

6 マーケティング戦略

マーケティング戦略を練るとき、彼を知り己を知れば百戦殆うからず。
ma a ke ti n gu sen ryaku o ne ru to ki kare o shi ri onore o shi re ba hyaku sen aya u ka ra zu

擬定行銷策略時，知己知彼才能百戰百勝。

延伸單字 說到行銷策略，有哪些耳熟能詳的切入點呢？

顧客ロイヤルティ
ko kyaku ro i ya ru ti

顧客忠誠度

ブランディング
bu ran di n gu

建立品牌

経験価値マーケティング
kei ken ka chi ma a ke ti n gu

體驗行銷

希少性マーケティング
ki shoo sei ma a ke ti n gu

飢餓行銷

7 コスパ

若者 は コスパ を 重視する。
わかもの　　　　　　　　　じゅうし
waka mono wa　ko su pa　o　juu shi su ru

年輕人重視 CP 值。

コスパ の 高い製品 を 出したい。
　　　　　　たか　せいひん　　　だ
ko su pa　no　taka i sei hin　o　da shi ta i

想推出 CP 值高的商品。

8 行列ができる

A：あの店、いつも 行列 が できている。
　　　みせ　　　　　　ぎょうれつ
a　no mise　i tsu mo gyoo retsu ga　de ki te i ru

那家店總是大排長龍。

B：料理 は 頬 が 落ちる ほど 美味しい ので。
　　りょうり　　ほお　お　　　　　　　おい
ryoo ri　wa hoo ga　o chi ru ho do　o i shi i　no de

因為料理好吃到下巴掉下來。

補充説明

慣用詞
頬が落ちる　　超級美味
ほお　お

184

人間関係を改善しよう！· 改善人際關係！
にんげんかんけい　　かいぜん
nin gen kan kei o kai zen shi yo o

ひと あ **人当たり** hito a ta ri 待人態度	てつだ **手伝う** te tsuda u 幫忙	す なお **素直** su nao 真誠
にんげん み **人間味** nin gen mi 人情味		えがお **笑顔** e gao 笑臉
れんらく と あ **連絡を取り合う** ren raku o to ri a u 保持連絡	みが **ユーモアを磨く** yu u mo a o miga ku 培養幽默感	くうき よ **空気を読む** kuu ki o yo mu 察言觀色

1　手伝う

A：何か 手伝う こと ある？
　　なに　　てつだ
　　nani ka　te tsuda u　ko to　a ru

　　有什麼要幫忙的嗎？

B：もう 大丈夫。
　　　　だいじょうぶ
　　mo o　dai joo bu

　　已經沒關係了。

2 素直

素直に 感謝 の 気持ち を 伝えた。
su nao ni kan sha no ki mo chi o tsuta e ta

真誠地傳達感謝之意。

素直な 人 に 惹かれる。
su nao na hito ni hi ka re ru

被真誠的人吸引。

動詞變化

被動形

要表現「被……」的動作狀態，動詞要從 [原形] 的 [吸引＝惹く]，變成 [被動形] 的 [被吸引＝惹かれる]，被動形變化規則詳見 p. 20。

---

3 笑顔

A：彼 は いつも 笑顔 で 迎えて くれる。
kare wa i tsu mo e gao de muka e te ku re ru

他總是笑臉迎接我。

B：それ は 何 より だ。
so re wa nani yo ri da

那樣真好。

延伸單字 | 還有哪些臉呢？

不機嫌顔	びっくり顔	泣き顔	おどけた顔
fu ki gen gao	bi kku ri kao	na ki gao	o do ke ta kao
臭臉	驚訝臉	哭喪臉	鬼臉

4 空気を読む

A：欠伸 なんか やめて。少し 空気 を 読もう よ。
aku bi　nan ka　ya me te。suko shi　kuu ki　o　yo mo o　yo

不要打哈欠了。察言觀色一下好嗎。

B：だって 眠いん だもん。
da　tte　nemu i n　da mo n

因為很睏嘛！

句型解說

因為 ＿＿＿＿＿ 嘛！＝だって　名詞＋なん　だもん。

　　　　　　　　　　　　な形容詞＋なん

　　　　　　　　　　　　い形容詞＋ん

　　　　　　　　　　　　動詞＋ん

這是表現「辯解」的口語句型，用於「主觀解釋理由、藉口」的時候，帶有耍賴、撒嬌的語感。空格處可以填入名詞、形容詞或是動詞，只是在接だもん的時候，名詞、な形容詞後面要加なん，動詞、い形容詞後面要加ん。句型練習如下：

◆ 名詞　　[家族]　　→　だって家族なん　だもん！。

　　　　　　　　＝　因為是家人嘛！

◆ な形容詞　[有名]　　→　だって有名なん　だもん！。

　　　　　　　　＝　因為有名嘛！

◆ い形容詞　[羨ましい]　→　だって羨ましいん　だもん！。

　　　　　　　　＝　因為羨慕嘛！

◆ 動詞　　[約束した]　→　だって約束したん　だもん！。

　　　　　　　　＝　因為約定好了嘛！

5 ユーモアを磨く

A：ユーモア を 磨く には、どう すれば いい か？
yu u mo a o miga ku ni wa do o su re ba i i ka

培養幽默感方面，該怎麼做才好呢？

B：どう しても、どう にも ならない。
do o shi te mo do o ni mo na ra nai

怎麼做都沒用。

6 連絡を取り合う

A：話せて よかった。連絡 を 取り合おう！
hana se te yo ka tta ren raku o to ri a o o

能跟你聊真好。保持聯絡吧！

B：もちろん。インスタ やってる？
mo chi ro n i n su ta ya tte ru

當然。你有用 IG 嗎？

延伸單字　大家習慣用什麼保持聯絡呢？

フェースブック	メール	ビデオ通話	ライン
fe e su bu kku	me e ru	bi de o tsuu wa	ra i n
FB	電子郵件	視訊	LINE

7 人間味

A：あなた から 人間味 や 人間らしさ を 感じて いない。
a na ta ka ra nin gen mi ya nin gen ra shi sa o kan ji te i na i

從你身上感覺不到人情味或人樣。

B：どうして？欠点 一つ も ない から？。
do o shi te ke tten hito tsu mo na i ka ra

為什麼？因為一個缺點也沒有嗎？

> 補充說明
>
> 名詞
>
> ～らしさ　　像～的樣子

8 人当たり

A：人当たり が おおらか な 人 が 好き。
hito a ta ri ga o o ra ka na hito ga su ki

（我）喜歡待人態度大方的人。

B：私 は そういう 人 だ。
watashi wa so o i u hito da

我就是那種人。

延伸單字　說到待人態度，習慣用什麼形容詞來形容呢？

良い	悪い	柔らかい	優しい
yo i	waru i	yawa ra ka i	yasa shi i
很好	很差	很柔軟	很溫和

結婚 ・結婚
けっこん
ke kkon

ハネームン ha ne i mun 蜜月	プロポーズ pu ro po o zu 求婚	お見合い み あ o mi a i 相親
花嫁 はなよめ hana yome 新娘		独身主義 どくしんしゅぎ doku shin shu gi 不婚主義
結婚式を挙げる けっこんしき あ ke kkon shiki o a ge ru 舉辦婚禮	指輪 ゆび わ yubi wa 戒指	ウェディングドレス we di n gu do re su 婚紗

1 プロポーズ

A：片膝 を ついて プロポーズする つもり だ。
かたひざ
kata hiza o tsu i te pu ro po o zu su ru tsu mo ri da

（我）打算單膝跪地求婚。

B：本当 かよ？照れる なぁ。
ほんとう　　　　　て
hon too ka yo te re ru na a

真的假的？好難為情喔！

2 お見合い

A：結婚相談所 に 入会 した。
ke kkon soo dan jo　ni　nyuu kai shi ta

（我）參加了婚友社

B：マジ？お見合い 結婚 は もう 時代遅れ じゃない？
ma ji　o mi a i ke kkon wa　mo o　ji dai oku re　ja na i

真的假的？相親結婚不是已經落伍了嗎？

延伸單字　除了相親結婚，還有哪種結婚呢？

恋愛結婚	政略結婚	できちゃった婚	電撃結婚
ren ai ke kkon	sei ryaku ke kkon	de ki cha tta kon	den geki ke kkon
戀愛結婚	政治結婚	奉子結婚	閃電結婚

3 独身主義

A：私 は 生涯 独身主義者 なの。
watashi wa　shoo gai doku shin shu gi sha na no

我一輩子都是不婚主義者。

B：結婚する 気 は 全く ないの？
ke kkon su ru　ki　wa matta ku　na i no

完全不想結婚嗎？

補充說明

名詞

しょうがい 生涯	一輩子
き 気	意願

延伸單字　說到婚姻，還有哪些狀態呢？

ディンク族	バツイチ	子持ち	同性カップル
di n ku zoku	ba tsu i chi	ko mo chi	doo sei ka　ppu ru
無小孩夫妻	離過一次婚	有小孩	同性戀

4 ウェディングドレス

A：この ウェディングドレス、気 に 入った か。
ko no we di n gu do re su ki ni i tta ka

這件婚紗，喜歡嗎？

B：はい。買う か レンタル か 迷って いる。
ha i ka u ka re n ta ru ka ma yo tte i ru

喜歡。正苦惱該用買的？還是用租的？

延伸單字　　穿婚紗時，還要注意哪些配件呢？

ブーケ	ベール	ハイヒール	ロングトレーン
bu u ke	be e ru	ha i hi ru	ro n gu to re e n
捧花	頭紗	高跟鞋	長裙襬

---

5 指輪

妻：どうして 結婚指輪 を 外した か？
tsuma do o shi te ke kkon yubi wa o hazu shi ta ka

妻：為什麼把結婚戒指脫了？

旦那：ずっと 付けて ない よ。
dan na zu tto tsu ke te na i yo

先生：我一直沒戴呀。

延伸單字　　說到戒指，設計上分成哪幾種類型呢？

ソリティア	エタニティー	平打ち	甲丸
so ri ti a	e ta ni ti i	hira u chi	koo maru
單顆美鑽型	整圈碎鑽型	平環型	弧環型

6 結婚式を挙げる

A：結婚式 を 挙げる には 色々準備しない と ね。
ke kkon shiki o a ge ru ni wa iro iro jun bi shi na i to ne

為了舉辦婚禮，必需準備很多事情。

B：もう お手上げ だ。入籍だけ で いい よ。
mo o o te a ge da nyuu seki da ke de i i yo

我已投降。我只想辦理結婚登記就好。

延伸單字	說到婚禮，會想到那些相關的字呢？		
よめい 嫁入り yome i ri 迎娶	きょうかい 教会 kyoo kai 教堂	ひろうえん 披露宴 hi roo en 喜宴	に じ かい 二次会 ni ji kai 二次會

7 花嫁

A：君 を 世界一幸せな 花嫁 に させる。
kimi o se kai ichi shiawa se na hana yome ni sa se ru

我要讓妳成為世界上最幸福的新娘。

B：気持ち は 嬉しい けど。
ki mo chi wa ure shi i ke do

很高興你的這份心意（但我拒絕）。

延伸單字	除了新娘，婚禮還有哪些登場人物呢？		
はなむこ 花婿 hana muko 新郎	ページボーイ pe e ji bo o i 花童	はなむこ かいぞ 花婿の介添え hana muko no kai zo e 伴郎	はなよめ かいぞ 花嫁の介添え hana yome no kai zo e 伴娘

動詞變化

使役形

表現「使（你）～」、「讓（你）～」的語意時，動詞要從原形的「する」（成為），變成使役形的「させる」（使成為）。使役形變化規則詳見 p. 21。

8 ハネームン

A：ハネームン と言えば ハワイ だ
　　　ha ne i mun to i e ba ha wa i da

　　　說到蜜月，就想到夏威夷。

B：国内旅行 で 済む よ。
　　　koku nai ryo koo de su mu yo

　　　國內旅行就解決了。

延伸單字 除了夏威夷，還有哪些蜜月勝地呢？

バリ島	ボラカイ島	ヨーロッパ	モルディブ
ba ri too	bo ra ka i too	yo o ro ppa	mo ru di bu
峇里島	長灘島	歐洲	馬爾地夫

句型解說

就解決了 ＿＿＿＿＿＿ ＝ ＿名詞／動詞＿ で（て） 済む。

這是表現「～就解決」的句型，強調<u>只用</u>某樣東西或動作，便能解決問題。「済む」是解決、了結的意思，「～で／て済む」則是「只靠○○就能解決」。空格處放名詞時，後加で；放動詞時，要變成て型。て形動詞變化詳見 p. 26。

句型練習如下：

◆ 名詞 [一言] → 一言で 済む。 ＝一句話就解決了。

◆ 動詞 [謝る] → 謝って 済む。 ＝道歉就解決了。

悪習慣をやめる・戒掉壞習慣
あく　しゅう　かん
aku syuu kan o ya me ru

なま　もの
怠け者
nama ke mono
懶惰鬼

す
タバコを吸う
ta ba ko o su u
抽菸

カンニングする
ka n ni n gu su ru
作弊

もんく
文句ばっかり
mon ku ba kka ri
只會抱怨

むだんちゅうしゃ
無断駐車
mu dan chuu sha
亂停車

ねぼう
寝坊する
ne boo su ru
睡過頭

ふたまた
二股
futa mata
劈腿

むだ
無駄にする
mu da ni su ru
浪費

1　タバコを吸う

A：タバコを 吸う のは だめ。
　　　　　す
ta ba ko o su u no wa da me
不可以抽菸。

B：別に いい じゃん。
　べつ
betsu ni i i ja n
又沒關係。

A：だって 体に よくないん だもん。
　　　からだ
da tte karada ni yo ku na i n da mo n
因為對身體不好嘛。

2 カンニングする

こう やって カンニングすれば 絶対 バレない。
ko ko ya tte ka n ni n gu su re ba ze ttai ba re na i

這樣作弊的話，絕對不會露餡。

二度と カンニングする な。
ni do to ka n ni n gu su ru na

不准再作弊。

延伸單字 除了作弊，還不准做什麼呢？

遅刻する	サボる	割り込む	からかう
chi koku su ru	sa po ru	wa ri ko mu	ka ra ka u
遲到	翹班／翹課	插隊	捉弄

句型解說

不准再 _____ 。＝二度と__動詞原形__な。

這是表現「命令不准……」的句型，強調禁止做某樣動作。空格處放動詞原形，後加な。本書一開始列的動詞單字，皆為動詞原形。句型練習如下：

◆ [壊す]　　　→　二度と　壊す　な。　　　＝不准再破壞。

◆ [逃げる]　　→　二度と　逃げる　な。　　＝不准再逃。

◆ [万引きする]　→　二度と　万引きする　な。　＝不准再順手牽羊。

196

3 無断駐車

A：無断駐車 に 困ってる。
mu dan cyuu sha ni koma tte ru

（我）對於亂停車很困擾。

B：平気 で 他人 を 困らせる 人 は いっぱい いる ね。
hei ki de ta nin o koma ra se ru hito wa i ppai i ru ne

使他人困擾也不以為意的人真多。

補充說明

副詞

平気で　　不以為意、稀鬆平常
hei ki

延伸單字　說到亂停車，會想到哪些單字呢？

レッカー	路駐	通報	反則金
re kka a	ro chuu	tsuu hoo	han soku kin
拖吊車	路邊停車	檢舉	罰金

動詞變化

使役形

表現「使（你）～」、「讓（你）～」的語意時，動詞要從原形的「困る」（困擾），變成使役形的「困らせる」（使困擾）。使役形變化規則詳見 p. 21。

---

4 無駄にする

A：大学四年間 を 無駄 に した。
dai gaku yo nen kan o mu da ni shi ta

浪費了大學四年的時光。

B：もう 元 に 戻らない わ。
mo o moto ni modo ra na i wa

已經無法回到原狀了。

補充說明

慣用句

元に戻らない
moto modo

無法回到原狀／無法重來

5 二股

A：二股（ふたまた）を やめて。
futa mata o ya me te

你不要劈腿。

B：こっち は 二股（ふたまた）を かけられた ほう だよ。
ko cchi wa futa mata o ka ke ra re ta hoo da yo

我才是被劈腿的一方。

延伸單字　除了劈腿，還想到哪些名詞呢？

言い訳（いわけ） i i wake	いじめ i ji me	嫌がらせ（いや） iya ga ra se	尾行（びこう） bi koo
藉口	霸凌	找碴	跟蹤

句型解說

你不要／停止 _____ 。 = _名詞_ を やめて。

這是表現「你不要……」的句型，希望對方<u>不要</u>做某樣動作。「やめる」是「停止」的意思，「やめて」是「請你停止」的意思。句型的空格處放<u>名詞</u>，或是<u>動詞＋の、動詞＋こと</u>。

---

6 寝坊する

A：ごめん。つい 寝坊（ねぼう）しちゃった。
go me n tsu i ne boo shi cha tta

抱歉。不小心睡過頭了。

B：いいの。私（わたし）も 起（お）きた ばかり。
i i no watashi mo o ki ta ba ka ri

沒關係。我也剛起床。

補充說明

副詞	
つい	不小心／不知不覺

7 文句ばっかり

A：あの 人、文句 ばっかり だ。
a no hito mon ku ba kka ri da

那個人只會抱怨。

B：あなた も。ほら、今 あの人 の 文句 を 言ってる じゃん。
a na ta mo ho ra ima a no hito no mon ku o i tte ru ja n

你也是。你看，你現在不是正在抱怨那個人嘛。

延伸單字 除了只會抱怨，還常聽到只會什麼呢？

口ばっかり	悪口ばっかり	嘘ばっかり	愚痴ばっかり
kuchi ba kka ri	waru kuchi ba kka ri	uso ba kka ri	gu chi ba kka ri
只會説	只會説壞話	只會説謊	只會發牢騷

---

8 怠け者

A：怠け者 に なるな。
nama ke mono ni na ru na

不要變成懶惰鬼。

B：いちいち うるさい よ。
i chi i chi u ru sa i yo

什麼都管真煩耶。

補充說明

副詞
いちいち 一個接一個／一一

延伸單字 除了懶惰鬼，還常常聽到什麼鬼呢？

泣き虫	けち	食いしん坊	小心者
na ki mushi	ke chi	ku i shi n boo	shoo shin mono
愛哭鬼	小氣鬼	愛吃鬼	膽小鬼

健康を保つ・保持健康
けん こう たも
ken koo o tamo tsu

若返り
わかがえ
waka gae ri

重返年輕

油・糖・塩を減らす
あぶら とう しお へ
abura too shio o he ra su

少油、少糖、少鹽

習慣にする
しゅうかん
shuu kan ni su ru

養成習慣

太陽光を浴びる
たいようこう あ
tai yoo koo o a bi ru

曬太陽

快眠
かいみん
kai min

睡得香甜

血圧をコントロールする
けつあつ
ketsu atsu o ko n to ro o ru su ru

控制血壓

サプリを飲む
の
sa pu ri o no mu

吃健康補給品

体を壊す
からだ こわ
karada o kowa su

搞壞身體

---

1 油・糖・塩を減らす

A：油・糖・塩を 減らす と、かえって 食欲 が よく なった。
　　あぶら とう しお へ しょくよく
　　abura too shio o he ra su to ka e tte shoku yoku ga yo ku na tta

（我）少油、少糖、少鹽後，反而食慾變好了。

B：変わったなぁ。どういう メカニズム かしら？
　　か
　　ka wa tta na a do o i u me ka ni zu mu ka shi ra

好反常。這是什麼原理啊？

補充說明

| 副詞 | かえって | 反而 |
| 名詞 | メカニズム | 原理／機制 |

2 習慣にする

A：運動 を 習慣 にして、健康的に ダイエット したい。
un doo o shuu kan ni shi te　ken koo teki ni da i e　tto shi ta i

養成運動習慣，想健康地減重。

B：私 の 知る 限り、大食い を 習慣 にした だけ。
watashi no shi ru kagi ri　oo gu i　o shuu kan ni shi ta da ke

就我所知，（你）只養成大吃大喝的習慣。

延伸單字　為了健康，還要養成那些習慣呢？

早起き haya o ki	よく嚙む yo ku ka mu	水飲み mizu no mi	手洗い te ara i
早起	細嚼慢嚥	喝水	洗手

3 快眠

A：この マット は お勧め！快眠 できる し。
ko no ma tto wa o susu me　kai min de ki ru shi

很推薦這個床墊！可以讓人睡得香甜。

B：そんな もの いらない。本 を 読む と、すぐ 寝落ち して しまう。
son na mo no i ra na i　hon o yo mu to　su gu ne o chi shi te shi ma u

（我）不需要那種東西。只要一看書，就能馬上睡死。

延伸單字　關於睡眠，還會想到那些單字呢？

ノンレム睡眠 no n re mu sui min	レム睡眠 re mu sui min	眠れない nemu re na i	寝返り ne gae ri
深眠	淺眠	睡不著	翻來覆去

動詞變化

てしまう形（完全徹底形）

要表現動作做到完全徹底的狀態，動詞要從 [原形] 變成 [てしまう形]，也就是從 [睡著＝寝落ちする] 變成 [睡死／完全睡著＝寝落ちしてしまう]。動詞て形變化後，加しまう。て形變化規則詳見 p. 26。

4　体を壊す

A：あまり に 無理してる と 体 を 壊す よ。
　　a ma ri ni mu ri shi te ru to karada o kowa su yo

　　太勉強的話，會搞壞身體喔。

B：はいはい、自分 を 休ませる 時間 を 作る。
　　ha i ha i　ji bun o yasu ma se ru　ji kan o tsuku ru

　　好的好的，我會找時間讓自己休息。

延伸單字　哪些行為容易搞壞身體呢？

早食い	徹夜	座りっぱなし	飲みすぎ
haya gu i	tetsu ya	suwa ri ppa na shi	no mi su gi
狼吞虎嚥	熬夜	久坐	飲酒過量

5　サプリを飲む

補充說明

副詞

～ほど

～程度（強調程度之高）

A：サプリ を 五種類 ほど 飲んで いる。
　　sa pu ri o go shu rui ho do non de i ru

　　（我）吃健康補給品吃了五種之多。

B：飲みすぎ じゃない？逆効果 に なる よ。
　　no mi su gi　ja na i　gyaku koo ka ni na ru yo

　　是不是吃太多了？會有反效果喔。

延伸單字　常常看到哪些健康補給品呢？

カルシュウム	コラーゲン	マルチビタミン	プロテイン
ka ru shu u mu	ko ra a gen	ma ru chi bi ta min	pu ro te in
鈣	膠原蛋白	綜合維他命	高蛋白粉

6 血圧をコントロールする

A：最近、頭痛 と 吐き気 が ある。
sai kin zu tsuu to ha ki ke ga a ru

最近有頭痛與想吐的症狀。

B：血圧 を コントロール しなくちゃ。
ketsu atsu o kon to ro o ru shi na ku cha

必須控制血壓了。

延伸單字　除了血壓，還要控制身體的哪些指數呢？

血糖値	コレステロール	体重	心拍
ke ttoo chi	ko re su te ro o ru	tai juu	shin paku
血糖	膽固醇	體重	心律

---

7 太陽光を浴びる

A：太陽光 を 浴びて 元気 に なろう。
tai yoo koo o a bi te gen ki ni na ro o

去曬太陽，一起變健康吧。

B：紫外線 を 恐れて 太陽光 を 浴びない もの。
shi gai sen o oso re te tai yoo koo o a bi na i mo no

（我）怕有紫外線，所以不曬太陽的。

動詞變化

意向形（一起⋯⋯吧！）

建議／邀請對方「一起⋯⋯吧」，動詞要從原形的變成「なる」，變成意向形的變成吧「なろう」。意向形變化規則詳見 p. 25。

8 若返り

A：若返り の ため、食生活 だけでなく、ライフスタイル も 変わる べき。
waka gae ri no ta me　shoku sei katsu no mi na ra zu　ra i fu su ta i ru mo ka wa ru be ki

為了重返年輕，不僅飲食、就連生活型態也要改變。

B：ハードル が 高い。 あえて 整形した ほう が 楽。
ha a do ru ga taka i　a e te　sei kei shi ta　ho o　ga　raku

難度很大。乾脆整形還比較輕鬆。

補充說明

副詞

あえて　　　乾脆（鼓起勇氣）

句型解說

不只＿＿＿A＿＿＿就連＿＿＿B＿＿＿也……

　＝＿＿＿だけでなく、＿＿＿も…。

這是說明情況的句型，在 A、B 兩個重點的堆疊下，表現「不光是 A，就連 B 也～」。兩空格處，要同時放入「名詞」，也可以同時放入「形容詞」、「動詞各種時態」。句型練習如下：

◆ 名詞　［学生／保護者］ → 学生だけでなく保護者も叱られた。

　　　　　　　　　　　　　 ＝ 不只學生，就連家長也被罵。

◆ 形容詞　［質が高い／値段が手頃］ → 質が高いだけでなく値段も手頃だ。

　　　　　　　　　　　　　　　　　 ＝ 不只品質很高，價格也很公道。

◆ 動詞　［怪我した／記憶を失った］ → 怪我しただけでなく記憶も失った。

　　　　　　　　　　　　　　　　　 ＝ 不只受傷了，記憶也喪失了。

夢を叶える・實現夢想
yume o kana e ru

オーナーになる
o o na a ni na ru
當老闆

夢を見る
yume o mi ru
做夢／夢到

だめ元
da me moto
不抱希望 (也要試)

子供ができる
ko domo ga de ki ru
有小孩

ワーキングホリデー
wa a kin gu ho ri de e
打工度假

賞をもらう
shoo o mo ra u
得獎

デビューを狙う
de byu u o nera u
以出道為目標

宇宙旅行
u chuu ryo koo
太空旅行

......
1 夢を見る

Ａ：昨日、大統領 に なる 夢 を 見た。
　　ki noo dai too ryoo ni na ru yume o mi ta
　　昨天我夢到我變成總統。

Ｂ：妄想 に 決まって いる。
　　moo soo ni ki ma tte i ru
　　那絕對是幻想。

2 だめ元

A：だめ元 だけど、告白しに いく。
da me moto da ke do koku haku shi ni i ku

雖不抱希望，但我要去告白。

B：頑張って。成功したら ラッキー だね。
gan ba tte sei koo shi ta ra ra kki i da ne

加油。如果成功就太幸運了。

3 ワーキングホリデー

A：自分探し の ため、ワーキングホリデー に 行く。
ji bun saga shi no ta me waa kin gu hori de e ni i ku

為了追尋自我，要去打工度假。

B：おいしい バイト代 の ため じゃない の？
o i shi i bai to dai no ta me ja na i no

難道不是為了好康的打工費嗎？

註：日文喜歡縮寫，所以ワーキングホリデー又會縮寫成ワーホリ。

延伸單字　說到打工度假，會想到哪些國家呢？

オーストラリア	ニュージーランド	日本	カナダ
oo su to ra ria	nu u ji i ran do	ni hon	ka na da
澳洲	紐西蘭	日本	加拿大

4 宇宙旅行

A：宇宙旅行 に 行きたいなぁ。
u chuu ryo koo ni i ki ta i na a

好想去太空旅行啊。

B：ハードル が 高い。行きたく ても 行けない ところ だよ。
ha a do ru ga takai i ki ta ku te mo i ke na i to ko ro da yo

難度好高。那是想去也去不了的地方。

延伸單字　　說到太空旅行，會想到哪些單字呢？

ロケット	宇宙ステーション	宇宙人	宇宙飛行士
ro ke tto	u chuu su te e sho n	u chuu jin	uu chuu hi koo shi
火箭	太空站	外星人	太空人

---

5 デビューを狙う

A：オーディション に 参加して、デビュー を 狙いたい。
o o di sho n ni san ka shi te de byu u o nara i ta i

參加選秀，（我）想以出道為目標。

B：スカウト で デビュー したい けど。
su ka u to de de byu u shi ta i ke do

（我）想透過星探挖掘來出道。

補充說明

名詞

オーディション	選秀
スカウト	星探挖掘

6 賞をもらう

A：文学賞 は 努力 次第 で もらう もの だ。
bun gaku shoo wa do ryoku shi dai de mo ra u mo no da

文學獎是靠努力得到的。

B：金出して 賞 を もらう ってこと？
kane da shi te shoo o mo ra u tte ko to

意思是要出錢才能得獎嗎？

延伸單字　說到獎項，有哪些享譽全球的獎呢？

ノーベル賞	グラミー賞	プリッカー賞	アカデミー賞
no o be ru shoo	gu ra mi i shoo	pu ri tsu ka a shoo	a ka de mi i shoo
諾貝爾獎	葛萊美獎	普立茲克獎	奧斯卡獎

句型解說

依__名詞__而定 _____ ＝__名詞__次第

這是表現「以～來決定」、「就看～了」的句型。「名詞 + 次第」的 次第，
跟 による 意思差不多，都有「依據～」「端視～」的意思。句型練習如下：

◆ [機嫌] → するかしないか、機嫌次第だ。　＝做或不做，依心情而定。

◆ [君] → プロジェクトの成功は君次第だ。　＝專案是否成功，就看你了。

7 子供ができる

A：ね、子供 が できた よ。
<small>ne ko do mo ga de ki ta yo</small>

跟你説喔，我有（小孩）了。

B：嘘 でしょう！俺 が パパ に なるってこと？
<small>uso de sho o ore ga pa pa ni na ru tte ko to</small>

騙我的吧！意思是我要當爸爸了？

延伸單字　說到有小孩，會想到哪些單字呢？

にんしん	しゅっさん	ふ にん ち りょう	ていおうせっかい
妊娠	**出産**	**不妊治療**	**帝王切開**
nin shin	shu ssan	fu nin chi ryoo	tei oo se kkai
懷孕	自然產	不孕症治療	剖腹產

句型解說

意思是 ＿＿句子＿＿ ？ ＝ ＿＿句子＿＿ってこと？

這是用於確認對方話中的意思，詢問「你的意思是～，對嗎？」的句型。句子中，「……って」等於「……という」，意思是「所謂的……」；而「こと」意思是「這麼一回事」。句型練習如下：

◆ [びりになった] → びりになったってこと？

　　　　　　　　　　 ＝ 意思是落到最後一名？

◆ [受け取る] → 受け取るってこと？
　　<small>う と</small>　　　　　　<small>う と</small>

　　　　　　　　　　 ＝ 意思是會接受？

8 オーナーになる

A：オーナー に なりたいなぁ。
o o na a ni na ri ta i na a
真想當老闆。

B：それなりに 努力しない と なれる か？
so re na ri ni do ryo ku shi na i to na re ru ka
不付出相應的努力，當得了嗎！

補充說明

副詞

それなりに　　相應地／相當地

延伸單字　　大家還會憧憬要當什麼呢？

おくまんちょうじゃ	じんせいかぐみ	にんきもの	たいわん
億万長者	人生勝ち組	人気者	ミス台湾
oku man choo ja	jin sei ka chi gumi	nin ki mono	mi su tai wan
億萬富翁	人生勝利組	萬人迷	台灣小姐

單元
40

<ruby>地<rt>ち</rt></ruby><ruby>球<rt>きゅう</rt></ruby>に<ruby>優<rt>やさ</rt></ruby>しい・愛護地球
chi kyuu ni yasa shi i

公共交通機関 こうきょう こうつうきかん koo kyoo koo tsuu ki kan 大眾運輸	リサイクル ri sa i ku ru 資源回收	ごみ分別 ぶんべつ go mi bun betsu 垃圾分類
ボランティア bo ran ti a 義工		レジ袋減 量 ぶくろげんりょう re ji bukuro gen ryoo 塑膠袋減量
菜食主義 さいしょくしゅぎ sai shoku shu gi 吃素	節水 せっすい se ssui 節約用水	省エネ家電 しょう か でん shoo e ne ka den 節能家電

1 リサイクル

A：リサイクル したら <ruby>何<rt>なに</rt></ruby> に <ruby>変身<rt>へんしん</rt></ruby>する か？
ri sa i ku ru shi ta ra nani ni hen shin su ru ka

資源回收後，會變成什麼呢？

B：<ruby>紙<rt>かみ</rt></ruby>パックは、トイレットペーパー へ リサイクルされる よう だ。
kami pa kku wa to i re tto pe pa a e ri sa i ku ru sa re ru yo o da

紙盒的話，好像被回收成為衛生紙。

好像 _____ ＝ _____ よう だ。

這是表現「（我覺得）好像～」的主觀推測句型。表達意見時，為了不要顯得太武斷，也會用這句「（我覺得）好像～」來緩和氣氛。

「よう＝様子」，是名詞，所以前方可直接接續「い形容詞」、「な形容詞＋な」、「名詞＋の」、「動詞各種時態」。句型練習如下：

◆ い形容詞［遠(とお)い］　→　遠(とお)い　　　　ようだ＝好像很遠

◆ な形容詞［賑(にぎ)やか］　→　賑(にぎ)やかな　ようだ＝好像很熱鬧

◆ 名詞［恋人(こいびと)］　→　恋人(こいびと)の　ようだ＝好像是情侶

◆ 動詞［帰(かえ)った］　→　帰(かえ)った　ようだ＝好像回家了

2 ごみ分別

A：ごみ を 勝手(かって) に 捨(す)てる な。
　　go mi　o　ka tte　ni　su te ru　na

不要隨便丟垃圾。

B：はいはい、ごみ分別(ぶんべつ) を しとく。
　　ha i ha i　go mi bun betsu　o　shi to ku

好的。我來先垃圾分類好！

垃圾常常被分類成哪幾種呢？

缶(かん) kan	古紙(こし) ko shi	瓶(びん) bin	ペットボトル pe tto bo to ru
鐵鋁罐	廢紙	玻璃瓶	寶特瓶

事先做好 _____ ＝ 動詞て形→去て とく

這是表現「事先做好某件事」、「提前準備好～」的句型。句子中，動詞變成て形後，去て，接「とく」。て形動詞變化詳見 p. 26。（參照 p. 156 句型解說）。

3 レジ袋減量

A：レジ袋減量 は やらざる を 得ない こと だ。
re ji bukuro gen ryoo wa ya ra za ru o e na i ko to da

塑膠袋減量勢在必行。

B：私 も そう 思う。
watashi mo so o omo u

我也這麼認為。

慣用句

やらざるを得ない　　不做不行／勢在必行

註：レジ是收銀台，收銀台附的提袋，就是レジ袋，就是政府推行的不能免費附贈的塑膠袋。
　　若要強調塑膠這個材質，就可以説ビニール袋，ビニール是聚氯乙烯。

延伸單字　有哪些東西也該減量呢？

印刷	包装	使い捨て食器	排ガス
in satsu	hoo soo	tsuka i su te sho kki	hai ga su
印刷	包裝	免洗餐具	廢氣

4 省エネ家電

A：省エネ家電 に 買い替えると、補助金 が もらえる。
shoo e ne ka den ni ka i ka e ru to ho jo kin ga mo ra e ru

買節能家電來汰舊的話，能拿到補助。

B：へえ、知らなかった。
he e shi ra na ka tta

是嗎，我不知道。

延伸單字　有哪些家電會訴求節能呢？

エアコン	冷蔵庫	電気温水器	照明
e a kon	rei zoo ko	den ki on sui ki	shoo mei
冷暖氣	冰箱	電熱水器	電燈

5 節水

A：私 は 常に 節水 に 心がけて いる。
watashi wa tsune ni se ssui ni kokoro ga ke te i ru

我時常把節約用水這件事放在心上。

B：私 も。だから週一回 しか 髪の毛 を 洗わない。
watashi mo da ka ra shuu i kkai shi ka kami no ke o ara wa na i

我也是。所以一個禮拜只洗一次頭。

補充說明

| 動詞 | 心がける | 掛心 | 句型 | しか……ない | 只…… |
| 名詞 | 髪の毛 | 頭髮 | | | |

延伸單字　哪些設備會訴求省水功能呢？

蛇口	シャワーヘッド	トイレ	洗濯機
ja guchi	sha wa a he ddo	to i re	sen taku ki
水龍頭	蓮蓬頭	馬桶	洗衣機

6 菜食主義

A：菜食主義 に なれば、環境 と 動物 に 優しい。
sai shoku shu gi ni na re ba kan kyoo to doo butsu ni yasa shi i

吃素的話，對環境和動物都好。

B：健康 にも 優しい。
ken koo ni mo yasa shi i

也對身體好。

7 ボランティア

A：ビーチクリーン という ボランティア 活動 に 参加した。
bi i chi ku ri i n to i u bo ra n ti a katsu doo ni san ka shi ta

（我）參加淨灘這一類的義工活動。

B：偉い！一日一善 の 精神 に 感心した ね。
era i ichi nichi ichi zen no sei shin ni kan shon shi ta ne

好偉大！（我）佩服日行一善的精神。

補充説明

名詞	ビーチクリーン	淨灘	一日一善	日行一善
動詞	感心する	佩服		

延伸單字 有哪些常見的義工活動呢？

野良犬支援	震災復興	食糧難対策	絶滅危惧種保護
no ra inu shi en	shin sai fu kkoo	shoku ryoo nan tai saku	zetsu metsu ki gu shu ho go
支援流浪狗	震災復興	解決飢荒	保護瀕臨絕種生物

8 公共交通機関

A：地球温暖化 を 防ぐため、できるだけ 公共交通機関 を 使う。
chi kyuu on dan ka o fuse gu ta me de ki ru da ke koo kyoo koo tsuu ki kan o tsuka u

為了防止地球暖化，我盡量利用大眾運輸工具。

B：私 は できるだけ おなら を しない。
watashi wa de ki ru da ke o na ra o shi na i

我則是盡量不放屁。

補充説明

名詞	地球温暖化	地球暖化	おなら	屁
副詞	できるだけ	盡量		

國家圖書館出版品預行編目（CIP）資料

九宮格日語學習法／吳乃慧作. -- 初版. -- 臺中
市：晨星，2020.12
面；　公分. --（語言學習；13）
ISBN 978-986-5529-69-7（平裝）

1.日語　2.讀本

803.18　　　　　　　　　　　　　　109014582

語言學習 **13**

九宮格日語學習法
零散的日文單字，立刻變身有系統的視覺圖像記憶

作者	吳乃慧
編輯	余順琪
錄音	小辻菜菜子（Nanako Kotsuji）
封面設計	耶麗米工作室
美術編輯	張蘊方
內頁排版	林姿秀
創辦人	陳銘民
發行所	晨星出版有限公司 407台中市西屯區工業30路1號1樓 TEL：04-23595820　FAX：04-23550581 行政院新聞局局版台業字第2500號
法律顧問	陳思成律師
初版	西元2020年12月15日
總經銷	知己圖書股份有限公司 106台北市大安區辛亥路一段30號9樓 TEL：02-23672044／02-23672047　FAX：02-23635741 407台中市西屯區工業30路1號1樓 TEL：04-23595819　FAX：04-23595493 E-mail：service@morningstar.com.tw 網路書店 http://www.morningstar.com. tw
讀者專線	02-23672044／02-23672047
郵政劃撥	15060393（知己圖書股份有限公司）
印刷	上好印刷股份有限公司

線上讀者回函

定價 300 元
（如書籍有缺頁或破損，請寄回更換）
ISBN：978-986-5529-69-7

| 最新、最快、最實用的第一手資訊都在這裡 |